KB128612

애인이랑

야
구
보
기

애인이랑 야구보기

초 판 1쇄 2024년 05월 30일

지은이 손수천
펴낸이 류종렬

펴낸곳 미다스북스
본부장 임종익
편집장 이다경, 김가영
디자인 임인영, 윤가희
책임진행 이예나, 안채원, 김요섭, 임윤정

등록 2001년 3월 21일 제2001-000040호
주소 서울시 마포구 양화로 133 서교타워 711호
전화 02) 322-7802~3
팩스 02) 6007-1845
블로그 http://blog.naver.com/midasbooks
전자주소 midasbooks@hanmail.net
페이스북 https://www.facebook.com/midasbooks425
인스타그램 https://www.instagram.com/midasbooks

© 손수천, 미다스북스 2024, *Printed in Korea*.

ISBN 979-11-6910-670-2 03810

값 **17,500원**

미다스북스는 다음세대에게 필요한 지혜와 교양을 생각합니다.

애인이랑
야구 보기

손수천 지음

미다스북스

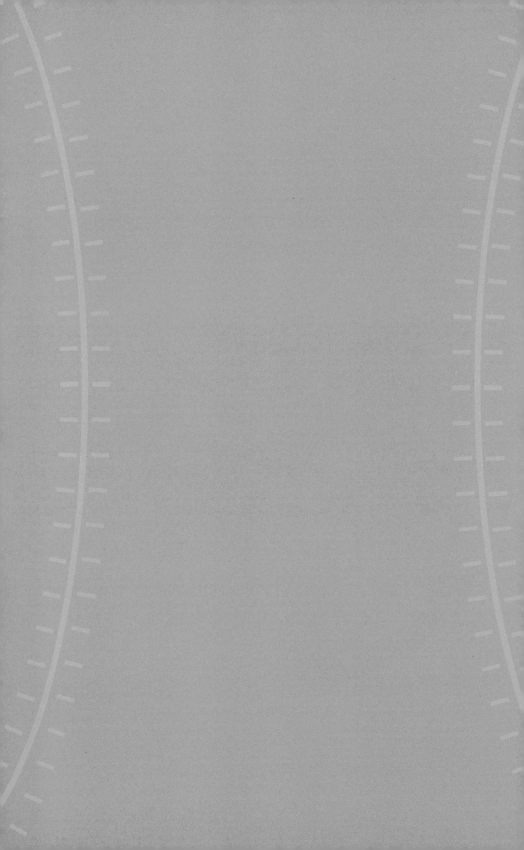

목차

중학교 1학년 첫 중간고사 한문 시험 시간이었다. 주관식 마지막 문제는 떨어질 '락' 자를 한자로 쓰라는 거였다. 본 적은 있는 것 같은데 막상 쓰려고 하니 쉽지 않았다. 시험지를 처음부터 다시 찬찬히 훑어보며 혹시 선생님께서 실수로 떨어질 '락' 자를 다른 문제나 지문에 쓰시지는 않았나 찾아보았지만 비슷한 글자조차 찾을 수 없었다. 하여 남은 시험 시간 동안 온 정신을 집중해 언젠가 본 적이 있는 떨어질 '락' 자에 대해 생각하고 또 생각했다. 그러자 정말 신기하게도 나의 뇌리에 떨어질 '락' 자의 획들이 섬광처럼 스쳐 지나갔다.

그런데 한 글자 따위에도 그 뜻에 서린 기나 힘이 있는 것인지, 그 잠깐의 행운이 도리어 내 인생의 여러 곳에서 발목을 잡은 건 아닌가 하고 의심하곤 한다. 살아가면서 많은 시험에 낙방했고, 많은 것들에 거부되었으며, 많은 이들에게 거절당해왔기 때문이다. 이 책에 있는 한 편의 중편소설과 다섯 편의 단편소설과 한 편의 동화 또한 신춘문예나 공모전 등에 야심만만하게 응모했지만 모두 떨어진 것들이다. 하지만 나는 씁쓸한 마음으로 새해의 첫 아침에 다른 이들의 당선작들을 읽으면서 내가 쓴 글들이 더 재밌는데 하는 착각을 계속해서 품어왔다. 그런 착각이나 상상은 떨어질 '락' 자조차도 내 발목을 잡을 수는 없을 테니까 말이다. 또한 개인적으로 소설의 최고 덕목은 인생의 비의나 교훈을 드러내는 것보다 우리 삶에 재미를 안겨주는 엔터테인먼트라고 생각한다. 그러니 이 책 속의 낙선한 일곱 작품은 철저히 재미만을 위해 쓰인 것이라 할 수 있다. 재미야말로 아래에 처한 마음을 끌어올릴 수 있는 가장 시원한 마중물이지 않겠는가.

한편 19세기 프랑스 화단에서는 관에서 주최하는 살롱전에 전시되어야 화가로서 성공할 수 있었다. 그런데 1863년에 살롱전이라는 그 좁은 문을 통과하지 못한 수많은 낙선한 이의 불만을 무마시키고자 당시 황제였던 나폴레옹 3세가 낙선전을 개최하게 하였다. 그 전시에서 에두아르 마네는 〈풀밭 위의 점심〉이란 문제작을 내걸었고 비평가들의 비난을 한 몸에 받았다. 결국 낙선전은 딱 한 번만 열렸지만 인상주의가 발전하게 되는 토대가 되었고 이후 관에서 주최하는 전람회를 반대하여 설립된 앙데팡당으로 이어지게 되었다.

해서 이 책은 일종의 낙선전이라 할 수 있다. 관문을 통과하지 못하고 많은 이들에게 거부와 거절당한 작품들이지만 먼 훗날에 〈풀밭 위의 점심〉이 되지 못할 이유는 무엇이겠는가. 옷을 모두 벗고 관람객을 지켜보는 여자처럼 나 또한 부끄러움과 쑥스러움을 모두 털고 이 책을 당신에게 건넬 뿐이다. 특히 내가 좋아하는 야구에 관한 작품이 많으므로 야구를 좋아하는 이들에게 캐치볼 하듯 권해본다. 그러고 보니 그림 속 후경에 보이는 인물의 자세는 마치 시구를 하러 온 여성인 듯도 하다.

아, 떨어질 '락' 자 따위를 굳이 알 필요는 없겠지만 머릿속에 그려지지 않는 이들은 지금 바로 검색해보길.

2024년 봄

손수천

1차전

해
와

눈
물

그렇지만 내 아들은 안 된다. 이걸 두고 이기심이라고 해도 좋다. 제 자식은 그래도 소중한지 아는 뻔뻔한 친일파 후손의 이기심이라고 욕해도 좋아. 그래도 너는 이동하의 손자가 아니라 이명진 그 자체로 떳떳하게 살아준다면 나는 무엇이든지 할 수 있어. 너는 안 된다, 너는.

○

　"아버지, 이건 소송을 합시다! 우리가 무슨 큰 죄를 지었다고 멀쩡한 우리 재산을 나라가 빼앗아 갑니까? 친일진상규명위원회인지 친일파처단위원회인지 뭔지 몰라도 그 땅을 내놓으라고 윽박지르면 어쩌자는 겁니까?"

　"명진아, 그냥 그 땅은 원래 없는 셈 치자. 더 문제 키우기는 싫구나."

　"아휴, 제 후배 중에 임지훈이라고, 변호사 하는 친구가 있습니다. 우리 한 번 상담이라도 받아 봐요."

　"허허, 그만 조용히 살고 싶다니까."

편평한 땅에 갑자기 거센 바람과 물결이 몰아친다는 평지풍파라는 말처럼 며칠 전 아버지 앞으로 온 등기 한 통이 우리 집을 격랑 속으로 몰아붙였다. 일제강점기 시절 경상남도 어디 촌구석의 군수였던 할아버지가 모아놓은 재산을 조국과 민족의 피고름을 쥐어짠 행위로 보고 국가가 환수한다는 내용의 등기였다.

하여 20년 전 돌아가시기 전까지 인자하게만 보인 할아버지의 과거를 나는 처음으로 알게 되었다. 집안 어른들이 쉬쉬하면서 "아이고, 그 아재는 좋은 세상에서 태어났으면 사법고시든 행정고시든 뭐든 다 패스하고 국회의원, 도지사도 할 분인데."라거나 "참 똑똑한 분인데 시대를 잘못 만나서, 어휴!" 등의 언급이 생각나는데 그 뒷부분의 생략된 말이 친일파였을 줄은 전혀 짐작도 못 했다.

그러고 보니 '짐작'이란 단어는 술 따를 짐(斟) 자와 술 따를 작(酌) 자의 합성어였던가. 술잔 밑에 소주가 얼마나 깔려 있는지 알 수 없는 아버지의 소주잔에 짐작으로 소주를 따르며 아버지의 한탄이 섞인 이야기를 들었다.

"너, 김삿갓의 본명이 뭔지 아느냐?"

"시인 김삿갓요? 글쎄요."

"본래 이름은 병연이었어. 과거 시험장에서 어느 역적을 조롱하는 글을 썼는데 나중에 알고 보니 자기 할아버지 김익순이었던 거야. 그래서 과거도 입신출세도 포기하고 하늘의 해를 쳐다볼 수도 없다면서 삿갓을 머리에 이고 자기 본명도 버리고 떠돌아다니게 된 거야."

"할아버지와 우리를 빗대서 꺼낸 말씀이세요?"

"그래, 사실 나는 네 할아버지가 친일 행위를 하셨다는 걸 영원히 숨기고 싶었다. 아니, 세상 사람들에게 영원히 숨기는 게 불가능하다면 너 하나만은 꼭 알게 하고 싶지 않았다. 친일은 다른 것들과는 그 종류가 영 달라. 광화문 광장에서 마이크를 들고 나는 친북주의자라고, 혹은 공산주의자라고 떠들어도 아무도 거들떠보지도 않아. 그런데 우리나라에서 친일은 다른 거야. 그야말로 돌멩이 맞을 일인 거야. 그래서 내 아버지의 과거를 꼭꼭 숨기고 싶었어."

"음, 저는 생각이 좀 달라요. 이제 세월이 많이 흘렀잖아요. 그 시절을 겪어보지도 못한 사람들이 돌멩이를 든다고 우리가 숨을 필요가 있을까요? 우스갯소리로 박 씨든 전 씨든 그 독재자들을 겪어보지 못한 젊은 세대들이 정권의 공은 무시하고 과만 소리 높여 비난하는 것과 비슷하지 않나요? 물론 친일은 벌 받을 일이죠. 그런데 그 시절을 살아보지도 못한 사람들이 한쪽에 치우친 역사책만 읽고 과거의 인물을 단죄하려는 것도 웃기는 것 아닌가요?"

"명진아, 네가 무슨 말을 하는지 알기는 알겠다. 그래도 내 아버지 때문에 핍박받은 분들이 분명히 있었어. 그 엄혹한 시절의 군수가 지금의 시장이나 구청장 같은 일만 한 건 아니다. 남자들 명단 뽑아서 일본이나 만주의 공장과 막장에 보내고, 여자들은 어휴, 말로 표현도 못할 천인공노할 일을 시킨 거야. 그런데도 어떻게 우리가 그 땅을 가지고 있을 수 있겠느냐? 그냥 다 놓아버리고 계속 어두운 데서 조용히 살자꾸나."

소주잔의 바닥에 깔린 소주를 한 모금 털어놓고 대화는 중단되었다. 아버지의 불쾌한 얼굴만큼이나 내 가슴도 더 답답해졌다.

"지훈아, 요즘 되게 골치 아픈 게 있는데 나 좀 도와주라."

"무슨 일인가요? 사업이 바쁘다고 모임에도 잘 안 나오고 아쉬운 얘기 일절 하지 않는 명진 형님이 진지하게 말하니까 무섭네요."

"아버지 앞으로 이런 게 하나 왔는데…."

변호사 하는 후배 지훈이 서류를 찬찬히 읽어보는 모습을 지켜보며 이상하게 얼굴이 달아올랐다. 친일파의 후손이라고 광고하는 꼴이리라. 평소의 술자리에서 짧은 역사 지식으로 고종이 잘못했니, 민비가 어떠했니, 누가 왕이었어도 어쩔 수 없었지 등등의 일장연설을 했던 장면도 떠올라 더욱 부끄러움이 느껴졌다.

"음, 정말 골치 아프게 됐네요. 우선 형님의 할아버지 되시는 이동하라는 분이 어느 정도 친일을 했는지 잘 모르겠고요. 아마 요즘 항간에 화제인 친일인명사전에 등재가 되었으니 재산 환수도 진행된 것 같긴 한데 말이죠."

"어, 사실 집안에서도 쉬쉬하고 부모님도 할아버지 이야기는 잘 안 하셔서 나는 할아버지가 친일파이리라고는 상상도 못 했어. 그냥 글 좀 읽고 공부 좀 해서 지방 군수나 하시고 유림에 나가서 훈장질 같은 참견이나 하시는지 알았지."

"그럼 환수하겠다는 이 토지는 가치가 어느 정도 되나요?"

"보면 알겠지만 그냥 경남 촌구석의 임야란 말이지. 요즘 그 멀리 산이랑 밭뙈기 따위를 누가 사냐? 우리 아버지 말씀이 그냥 포기하고 조용히 살자고 하시대. 그런데 나는 이게 영 기분이 찝찝하단 말이야. 어물전에서 뭐가 뛰면 뭐도 같이 뛴다고, 요즘 같이 친일파니 민족반역자니 하며 여론을 등에 업은 인민재판 분위기에서 과거에 일제와 조금 연루된 분들까지 한 군데 몰아넣고 욕보이는 건 아닌지 모르겠어. 그리고 그 후손들의 재산까지 내놓으라 하는 건 연좌죄가 아닌가 싶기도 하고."

"예, 형님, 그런데 연좌죄가 아니라 연좌제고요. 제가 충고 말씀드리자면 일단 형님의 할아버지에 대해 친일 수준을 정확히 아시는 게 중요한 것 같고요. 잠깐, 친일 수준이라고 하니 이상한 표현인 것 같네. 뭐 어쨌든 요즘 세상이 헌법 위에 떼법인 세상입니다. 여론이 그만큼 무서운 때란 말이죠. 형님 아버지 말씀이 일리가 있는 게 우리나라에서는 이놈의 친일이든 저놈의 친일이든 약간이든 악질이든 친일이란 꼬리표만 붙으면 이길 수가 없어요. 그러니 돈도 안 되는 산이랑 밭을 포기하는 게 남는 장사란 겁니다. 그런데 정말 억울하다 싶으면, 뭐였더라? 잠시만 검색해볼게요. 요즘은 칼보다 강한 게 펜이고 펜보다 강한 게 폰인 시대에요. 아, 검색하니 바로 뜨네. 〈친일반민족행위자 재산의 국가귀속에 관한 특별법〉이 헌법에 어긋난다며 헌법재판소에 위헌소송을 제기한 일단의 사람들이 있거든요. 물론 아까 언급했듯이 제가 볼 때는 이길 수 없는 싸움인 것 같고요. 하여튼 정말 억울하시면 위헌소송을 마지막으로 고려해보세요. 잘못하면 재산도 잃고 평판도 잃고 많은 걸 잃을 수 있는 싸움이겠지만요.”

“그러냐? 아까도 말했지만 난 재산을 뺏기는 것보다 친일파의 후손이란 손가락질이 더 미치고 팔짝 뛸 노릇이야. 모든 행위는 그 시대 속에서 시대 상황을 고려하고 판단해야 하는 거 아니냐? 친일, 그래, 좋다 이거야. 손가락질을 받고 그걸로 피해를 보신 분들에게는 돌팔매질도 당해야지. 그런데 그 시대를 살아보지도 못한 자들이 요즘의 기준으로 그 시대를 재단하는 건 너무 오만한 것 아니냐? 우리 할아버지만 해도 그저 조그만 촌구석 군수였어. 그럼 35년이 넘는 긴 시간 동안 법관이나 공무원, 경찰 같은 관리직에 있었던 사람들은 모두 일본에 협력한 부역자란 말이냐? 캄보디아의 독재자 폴 포트가 200만 명이나 학살할 때 집에 책이 많거나 안경을 쓰고 있기만 해도 사회주의 정권에 도움이 되지 않는 지식인으로 몰아 처형했다고 하더라. 요즘 친일인명사전이니 반민족행위자 처벌이니 같은 것들도 괜히 역사의 아픈 상처를 들쑤시고 있는 건 아닌지 모르겠어. 물론 내가 국가에서 공인한 친일파의 후손이라서 열을 내고 있는 거겠지만 말이야."

"음, 형님, 뭐 이 자리가 역사 토론하는 자리는 아니지만요. 나치에 부역했던 비시 정권을 청산한 프랑스처럼 하지 못해서 우리나라가 지금도 상처가 곪았고 역사 발전이 어렵다는 주장도 강해요."

"그래, 말 잘했다! 비시 정권은 너도 알다시피 1940년부터 1944년까지 5년도 안 되는 정권이었어. 그러니 나치 부역자들을 찾아내서 족치기도 얼마나 쉬웠겠냐. 그런데 우리는 35년이 넘는 길고 긴 시대였어. 망국 전 조선의 불평등조약부터 따지자면 40년 가까운 시간이란 말이지. 역사책으로 생각해봐도 몇 페이지 따위가 아니라 책 한 권도 넘는 분량이란 말이야. 그렇다면 1940년까지 독립운동하시다가 아, 이제는 더 이상 빛이 안 보여서 일제에 협조할 건 하면서 우리 민족의 살 방편을 궁리하신 분들은 어떻게 봐야 하는 거냐? 일본에 항거하는 시를 쓰다가 일제 말기에야 조선 청년들에게 '우리 민족이 일본인들과 비슷한 지위를 얻으려면 자네들의 희생으로 일본 황군에 들어가 함께 전쟁을 치를 수밖에 없다'는 글을 쓴 문인들도 많다고 들었어. 그런 시대적 죄인들이 나라 팔아먹고 일본 훈장 받아 귀족 된 놈들이랑 같이 취급받아야 되는 거냐? 하물며 어떤 이들은 태어나는 순간부터 조선이란 나라 자체가 없었어. 물론 차별과 핍박에 일본 놈들을 원수로 생각했겠지만 조국과 민족에 관해 자부심이나 일말의 자존심도 없는 이들이 그 엄혹한 시절에 일본에 협력했기로서니 과연 이 시대를 사는 우리가 그들을 향해 돌멩이를 쥘 수 있겠느냐는 말이다."

"흐음, 형님 말씀도 말씀 그 자체만으로는 일리가 있을 수는 있어요. 그런데 친일파에게 현실적으로 피해를 본 분들이 많은 게 엄연한 사실이잖아요. 그러니 그런 주장을 공개적으로 펼치면 어디 가서 돌 맞기는 딱 좋아요. 죄송하지만 저도 기본적으로 형님 말씀에 동의하지 않는 부분도 많고요. 기분은 별로시겠지만 너무 나쁘게는 생각지 마세요."

"그래, 말하고 보니 친일파 후손이 너무 나댄 것 같네. 실무적인 건 나중에 변호사 상담비를 내고 다시 의논할게. 이렇게 말이라도 하고 나니 속은 좀 시원하네. 임 변호사, 비싼 시간 잡아먹어서 미안하고 오늘은 이만 일어설게."

러시아 화가 일리야 레핀의 그림 중에 〈폭군 이반과 그의 아들 이반, 1581년 11월 16일〉이란 게 있다. 폭군(그로즈니)이란 그 호칭에 걸맞게 이반 뇌제라고도 불리는 이반 4세가 격분을 참지 못하고 자기 아들을 때려죽인 후 황망한 눈빛을 흘리며 아들의 머리를 감싸 안는 유명한 그림이다. 나중에 알고 봤더니 고작 며느리의 옷차림에 대해 쓴소리를 한 아버지를 상대로 아들이 불만을 표했다가 화를 참지 못한 폭군은 그 아들을 때려죽인 것이라고 한다. 어쩌면 역사란 이토록 황당하고 황망한 것이리라. 어쨌든 친일재산조사위로부터 날아온 통지서 한 장 이후로 할아버지의 과거를 내가 알게 되자 아버지의 눈은 이반 4세의 정신 나간 눈과도 닮아 보였고 그의 아들의 죽은 눈과도 닮아 보였다.

그러면서 지금까지 내가 의아하게 생각했던 아버지의 인생이 조금씩 이해되기 시작했다. 이름을 날리는 출세하는 삶보다는 유유자적하게 조용히 살기를 원했던 그분의 인생이 말이다. 주변에서 평하길 할아버지를 닮아 머리가 대단히 좋았던 아버지는 명문대 나와서 큰일을 할 수도 있는 사람이라고 했지만 현실은 은행 지점장을 끝으로 더 이상 자신의 이름을 밖에다 드러내길 원하지 않으셨다. 그리고 나에게도 사업을 크게 벌이는 것보다 조그만 것에 만족하며 사는 게 낫다는 걸 항상 말씀하셨다. 돌이켜보니 할아버지의 과거를 아셨던 아버지는 움츠러드는 삶이야말로 본인 나름의 반성이라고 생각하지 않았을까 싶다.

"명진아, 언젠가 어느 기자 양반이 찾아와 이렇게 물은 적이 있다."

"뭐라고요?"

"그 인명사전인가 뭔가에 처음 이름이 오르내리기 시작하던 시기였지 아마. 선친의 친일 행위로 후손들이 물질적, 비물질적으로 어떤 이득을 봤다고 생각하는지 묻더라. 무척이나 예의 있는 말투라서 무작정 쫓아내기도 뭣했지."

"뭐라고 대답하셨어요?"

"우리 집안이 사실 아버지로부터 물질적으로 혜택을 본 건 거의 없다고 대답했다. 그 시절은 모두 가난한 시대였고. 그렇지만 교육에 대한 열의라든가 좀 더 나은 삶을 위해 노력하려는 자세 같은 걸 물려받았다고 에둘러서 대답했지. 그러자 기자가 씩 웃더라."

"왜요?"

"자기가 후손들을 상대로 취재를 할 때 이 질문에는 백이면 백 비슷한 대답을 하더라고 말이다. 나는 그때 부끄러웠다. 웃음이란 단어 자체가 내가 상대보다 위에 있음이란 뜻을 어원으로 가지고 있다고 하더라. 뭐 정확한지도 모르겠고 중요한 건 아니지만 그때 그 기자의 웃음에는 자신이 나보다 도덕적으로나 논리적으로 더 우위에 있다고 느꼈겠지. 아니, 내 부끄러움이 그렇게 느끼도록 만들었을 게다."

"음."

"그리고 내가 한 점 거짓 없이 사실대로 말한 것도 아니었다. 모두가 가난한 시대였지만 우리는 남들보다 형편이 훨씬 나았어. 이미 처분한 재산도 있고 그걸 밑천 삼아 미국으로 이민 간 친척도 있고 말이다."

"우리도 이민을 갔으면 어땠을까요? 지금보다 어려움은 많았겠지만 아버지가 좀 더 떳떳하게 살 수 있지 않았을까요?"

"글쎄, 모르겠다. 사실 네 할아버지는 치밀한 분이셨어. 해방 후에 세상이 바뀌자 자신의 과거가 후손들에게 부담이 될 거란 걸 인지하셨어. 그래서 호적을 정리하려고 하셨지. 재산도 그런 식으로 처분하고. 군수를 지낸 양반이니 그런 쪽으로는 도통하셨지. 아까 내가 부끄러운 대답이라고 했던 교육열이나 좀 더 나은 삶을 위한 노력 같은 것이 아버지에게는 정말 있었어. 친일 행위를 하셨던 분이니 그쪽으로는 레이더가 남달랐지. 이제 세상은 친미파들이 휘어잡으리라고 생각하셨으니 말이다. 해서 미국으로 유학이나 이민을 그렇게 장려하셨어. 전광용의 소설 『꺼삐딴 리』처럼 말이야. 그러나 나는 거절했지."

"왜요?"

"흐음, 글쎄다. 부끄러웠던 아버지에 대한 자식의 반항이었는지, 그저 젊은 시절의 객기였는지 모르겠다. 아버지의 도움으로 은행에서 자리를 잡아가던 중이기도 했고, 여러 여건이 맞지 않기도 했고. 뭐 결정적으로 아버지와 달리 결단성이 부족했던 건지도….."

"그런데 아버지, 저는 위헌소송을 하든 1인 시위를 하든 뭐든 해보려고 해요. 국가에서 환수하려는 재산은 아깝긴 해도 뭐 그럴 수도 있다고 쳐요. 그런데 친일 행위를 한 사람의 후손이라고 언제까지나 부끄럽게만 살아가라고 강요하는 자들한테는 배알이 꼴려서 이대로는 못 살겠어요. 일본 애니메이션을 몇백만 관객이 보고 방구석에서 일본의 야한 동영상을 보면서 아랫도리는 친일하는 놈들이 키보드 워리어가 되어 힘겨운 시대를 살았던 많은 사람과 그 후손들에게 손가락질하는 걸 저는 못 참겠습니다."

"허허, 결국 지는 싸움이래도."

"예, 하지만 아버지와는 달리 저는 대가리가 깨져보겠습니다. 이 세상에 말입니다."

지훈이는 맡아놓은 다른 일이 많아 나의 위헌소송에 관해서는 도움을 주지 못하겠다고 정중히 거절했다. 아마도 바쁘다는 건 핑계고 골치 아픈 일에 발을 들여놓지 않으려는 것이리라.

어쨌든 다른 변호사를 통해 실무를 맡기고 나는 나대로 내 주장을 펴는 모색을 했다. 바로 이름만 대면 누구나 아는 보수지에다가 내 생각을 보내는 거였다. 예전에 이 신문에서 읽은 어느 용기 있는 독자 어르신의 글이 도움을 주었다. 자신은 일본 군대에 자원한 조선 청년으로 2등 국민이었던 조선인들의 사정이나 여건이 나아지게 하려면 전쟁 중인 일본을 돕는 게 최선이라고 생각했다는 요지의 글이었다. 그러면서 자신은 친일파로 욕을 먹겠지만 그 시대를 감안해서 자신을 봐달라고 말이다. 하여 나도 같은 신문에 이렇게 나의 사정과 주장을 밝혔다.

저는 일제강점기 시절 경상남도 고성의 군수를 지낸 이동하의 손자 이명진입니다. 얼마 전 세간에 화제가 되었던 친일인명사전에 제 할아버지가 등재되었고 며칠 전 친일진상규명위원회 소속의 친일재산조사위로부터 아버지 소유의 임야를 국가에서 환수하겠다는 통지서를 받았습니다.

우선 저는 이걸 묻고 싶습니다. 당신들이 일방적으로 정한 친일의 기준은 무엇이며, 제 할아버지가 과연 친일파의 범주에 들어가는지 정확히 알고 싶다는 겁니다. 칼의 손잡이를 쥔 쪽에서 역사를 재단하려는 무소불위의 권력을 가지고 제 할아버지의 이름 석 자만 치욕스러운 사전에 올려놓으면 그것이 과연 합당한 것인지 의아합니다. 우리는 사회의 크고 작은 문제들이 발생하고 어느 한 사람을 비난하게 될 때 그 비난받는 사람이 자신은 죄가 없다는 결백을 증명해야 했습니다. 욕을 하고 돌을 손에 쥔 자들이, 이제는 컴퓨터 키보드나 스마트폰을 쥔 자들이 증명하는 수고로움은 행하지 않았습니다. 그런데 이미 몇십 년 전에 유명을 달리한 사람에게 비난의 칼끝을 겨누면서 역사적 사료의 존재 여부도 모르는 후손들에게, 생업에 종사하느라 친일이든 반일이든 생각조차 못 해본 이들에게 조상의 결백을 증명하든지 아니면 자신들의 결정을 무조건 따르라고 합니다. 우리가 어떻게 증명할 수 있을까요?

그리고 저는 이것도 묻고 싶습니다. 제 할아버지가 악질적인 친일파였다고 하더라도 그 후손들에게 국가가 나서서 친일이라는 굴레를 씌우면 그것은 또 다른 폭력이 아닐까요? 말 그대로 굴레는 말이나 소 따위를 부리기 위하여 목에다가 줄을 얽어매다는 것입니다. 우리나라에서 친일이라는 굴레는 원색적인 욕설보다 더 견디기 어려운 법입니다. 정말로 목에다가 비난의 쇠줄을 묶어놓는 것입니다. 저는 가구 유통이라는 조그만 사업을 하고 있습니다. 이런 분위기 아래에서 사장이라는 자가 친일파의 후손이라는데 누가 저희 회사의 가구를 사겠습니까? 그렇다면 저와 저의 직원들은 단지 제 조상의 죄 때문에 거리로 나앉아야 하는 것입니까? 백번 양보해서 저와 제 가족은 그렇다고 치더라도 저희 회사의 평범한 사원들과 그의 가족들의 생계는 어떻게 되는 것입니까?

친일진상규명위원회는 거창한 목표를 밝히더군요. 한 단계 더 밝은 미래를 향하기 위해서 부정했던 과거를 청산하고 사회 통합의 새로운 장을 마련하기 위하여 친일 행위에 대한 철저한 조사와 함께 〈친일반민족행위자 재산의 국가귀속에 관한 특별법〉을 시행하는 것이 친일파와 그 후손들이 조국과 민족에 사죄하는 사회 정의를 위한 힘찬 첫걸음이라고 말입니다.

그런데 저는 마지막으로 묻고 싶습니다. 그 시대를 살아보지 못한 당신들이, 정의의 칼을 휘두르는 당신들이 과연 무슨 자격이 있어 친일파의 후손이라는 이유만으로 저에게 사죄를 강요하는 것인지 알고 싶습니다. 그리고 만약 그 강요된 사과를 받았다고 하더라도 그 시대를 살아가면서 일제와 그 앞잡이들에 의해 피해를 보신 분들에게 과연 진정으로 위로가 될 것인지 궁금합니다. 예수님은 "죄가 없는 자, 이 여인에게 돌을 던지라."라고 하셨습니다. 당신들은 늦게 태어났다는 면죄부로 그 여인과 함께, 여인의 사생아에게까지 돌을 던지는 것은 아닙니까?

수많은 독자 투고가 넘치는 와중에 신문사는 내 부끄러운 글을 지면의 한 귀퉁이에 올려주었다. 덕분에 나는 아버지에게 말했던 것처럼 세상에 깨지게 되었다. 아버지 말씀처럼 정말 질 수밖에 없는 싸움인 것이었다.

세 가지 일이 시간적 격차가 거의 없이 일어났다. 우선 우리 회사의 매출이 확연히 떨어졌다. 국내소매보다는 해외수출에 집중하기 때문에 곧 망하지는 않겠지만 하루에도 수십 통의 고객 불만 전화가 이어지고 홈페이지의 게시판도 당분간은 닫아두어야 했다. 다음은 헌법재판소에서 〈친일재산 국가 귀속 결정에 대한 위헌소송〉에 대해 7 대 2로 합헌 결정을 내렸다. 정확히 말하면 재판관 5명은 합헌, 2명은 일부한정위헌, 2명은 일부위헌으로 합헌 결정을 했다. 국가의 친일재산 귀속 결정이 적법하다는 것이었다. 하여 아버지 명의였고 언젠가는 나의 재산이 되었을 할아버지의 임야는 결국 국고로 환수되었다. 그러니 결과적으로 나는 비싼 변호사 선임 비용만 날리게 되었다. 마지막으로 진보를 표방하는 일간지에서 다른 친일파의 후손이 자기 조상의 죄과를 진솔하게 사죄하는 글을 실었다. 그 글은 내 글과 비교되면서 약간의 센세이션을 일으켰다. 친일파의 범위가 넓은 만큼 그 후손들의 결도 각기 다른 것이었다.

그런데 이 세 가지 일보다 더 뼈아프게 다가온 것은 위원회를 앞세운 국가의 반격이었다. 내 할아버지인 고성군수 이동하는 일본 제국주의에 대한 적극적인 협력자로서 식량 공출과 죄 없는 지역 젊은이들을 일본의 광산업 등에 강제차출한 인물이란 논평자료를 배포한 것이다. 꽃처럼 앳된 모습의 위안부들과 군함도 막장에서 죽어 나가던 조선 청년들의 이야기가 대중에게 가장 가까운 오락거리인 영화로 소비되는 시대적 상황에서 나는 생각지도 못할 정도로 많은 사람으로부터 예상보다 훨씬 더 큰 돌멩이를 얻어맞게 되었다.

나는 친일파의 후손이기에, 아니 세간의 평처럼 더러운 재산을 지키려는 뻔뻔한 친일파의 후손이기에 이러한 손가락질과 돌팔매질을 감당해야 하는 것이었을까. 내가 몰랐던 할아버지의 파렴치한 친일 행위가 명명백백하게 밝혀지고 나의 낯 두꺼운 변명의 글이 논리적인 지적으로 공박받았지만 진실한 사과 따위는 더더욱 하고 싶지 않았다.

인터넷에 〈독립유공자 자녀 및 손자녀 생활지원금 신청안내〉라는 종이쪼가리를 올리고는 은연중에 자신의 조상을 드러내는 행위를 하는 자들이 가소로워 보였고, 독립운동하던 그 핏줄의 기운으로 독립 후에는 가세를 일으켜 세울 것이지 생활지원금이나 물려주려는 것이냐며 한심하다고 생각하였다. 더구나 독립유공자의 아들이었던 덕분에 정권의 한 자리를 차지한 어느 역사학자가 친일파의 후손 중에 단 한 명이라도 먼저 불법적인 재산을 국가에 돌려주겠다는 발표를 기다렸지만 어느 누구도 그렇게 하지 않았다고 평하는 걸 보면서 불같은 화가 일어났다. 어쩌면 부끄러움을 숨기려고 짐짓 위악적으로 드러내는 화인지도 모르겠지만 말이다. 그 역사학자는 만일 친일파의 후손이 진실한 사과를 한다면 우리는 같이 손을 잡고 새로운 미래로 나아갈 수 있을 것이라고 말을 맺었다. 나는 역사의 승자가 보내는 아량을 폐족의 심정으로 삐딱한 눈길을 하고 소주잔에 섞어 마실 뿐이었다.

"명진아, 아들아, 마음고생은 그만하고 우리 훨훨 털어버리자. 네가 이렇게 될 것 같아서 어렸을 때부터 네 할아버지를 숨겼던 거야."

"아버지, 알아요. 제가 되지도 않는 고집을 부리고 있다는 거요. 힘도 논리도 다 달리는 싸움이고 결과도 다 나온 싸움인데도 왜 저는 인정이 안 될까요? 마치 야구 경기를 하는데 세상의 모든 사람이 상대편만 응원하는 느낌이에요. 저는 1루에 출루하기도 벅찬데 상대는 무사 3루에서 경기를 시작하면서 '홈까지 들어가면 경기 끝이야.'라고 선언하는 기분이에요. 그러고 보니 '야구'라는 단어도 어느 일본 시인이 '베이스볼'을 번역한 용어라지요. 친일파의 후손이라서 베이스볼보다 야구라는 말이 더 친숙하게 느껴지네요. 흐흐. 우리 이 나라를 뜨면 어떨까요? 야구의 나라든 베이스볼의 나라든 아니면 그런 공놀이 자체를 하지 않는 어디라도 말이에요."

"허허, 해는 어디에서나 뜨고 지는데 그 해를 영원히 피할 수 있겠느냐. 그 마음속의 패배감이 다른 나라 국민이 된다고 하면 사라지겠어? 네가 그럴 수 있다면 나는 찬성이다. 북극에서 이글루를 짓고라도 살 수 있어. 그런데 내 아들이 김삿갓이 되어 사는 꼴은 못 보겠다. 우리는 해를 보고 살아야 해. 인간은 해를 보고 살아야 한단 말이야."

"그 해가 제 눈을 태워버릴 것 같은데, 부끄러움이 화가 되고 고집이 되어 제 마음을 태워버릴 것 같은데 어떻게 그 해를 보고 살아가란 말입니까?"

"네가 일어설 수 있다면 내가 뭔들 못하겠느냐. 네가 해를 보지 못하겠다면 내가 그 해에 화형을 당해서라도 네 삿갓을 벗기겠어. 광화문 광장 한가운데에서 내 아버지 이동하를 부정하고 그 이름 석 자에 침을 뱉겠다. 친일 앞잡이 아버지를 둔 죄를 고하며 위안부 할머니들과 핍박받은 모든 분들에게, 그리고 그 후손들에게까지 돌멩이를 맞겠다. 그렇지만 내 아들은 안 된다. 이걸 두고 이기심이라고 해도 좋다. 제 자식은 그래도 소중한지 아는 뻔뻔한 친일파 후손의 이기심이라고 욕해도 좋아. 그래도 너는 이동하의 손자가 아니라 이명진 그 자체로 떳떳하게 살아준다면 나는 무엇이든지 할 수 있어. 너는 안 된다, 너는."

"흐흐흐흑, 아버지."

사나운 돌팔매질에 일단 몸을 피하자는 심정으로 나는 친일진상규명위원회 앞으로 짧은 편지를 보냈다.

하근찬의 소설 『수난이대』를 아실 겁니다. 일제와 그 앞잡이 때문에 징용에 끌려갔다가 팔을 잃은 박만도가 6·25 전쟁으로 다리를 잃은 그의 아들 진수를 업고 집으로 돌아오는 소설이지요. 친일반민족행위자 이동하의 손자로서 이 땅의 박만도와 진수들에게 진심으로 사죄하고자 합니다. 죄송합니다.

그러자 짧은 답신이 왔다.

우리 함께 외나무다리를 건너갑시다!

20년이 흘렀다. 세상의 손가락질과 돌멩이질은 오래 가지 않았고 내 생각보다 쉽게 잊혔다. 정권이 여러 번 바뀌면서 유야무야 흘러간 이유도 컸으리라. 가구 유통 사업은 그럭저럭 현상 유지를 하다가 수입차 사업으로 전업했고 경제적으로는 좀 더 나아졌다. 그사이 나는 늦은 나이에 결혼을 했고 아들 하나와 딸 하나를 두게 되었다. 그리고 아버지가 돌아가셨다. 임종 직전에 내 손을 잡고 "해를."이라는 말을 남기셨는데 나를 제외한 다른 이들은 무슨 뜻인지 모를 것이고 나 또한 자세한 사정을 밝힐 이유는 없었다.

아버지의 유언대로 아버지의 집과 남기신 재산 전부는 일제 강제징용 피해자를 위한 기금에 넘겨졌다. 아버지의 유산이 내게로 넘어왔다면 해를 가리는 삿갓이 되었으리라고 생각하신 게다. 은행원다운 계산적인 아버지의 일면이기도 하리라.

내가 아버지와 다른 점이 있다면 내 자식들에게 조상의 부끄러운 과거를 스스로 밝혔다는 것이다. 세월이 흐른 만큼 친일파에 관한 관심도 크게 사라졌고 따가운 시선도 많이 무마되었다. 위안부 할머니는 모두 돌아가셨고 강제징용 피해자를 위한 기금도 그 당사자보다는 후손들에게 전해지는 형식상의 기구가 된 것 같았다. 그래도 여전히 아이들이 배우는 교과서에는 일제와 친일파를 청산하지 못한 적폐에 대해 간략하게라도 언급하고 있다. 그러니 남들이 손가락질하기 전에 내가 먼저 보험을 쳐두는 게 낫지 않을까 싶은 심정에서 이야기를 해준 것이다. "아버지의 할아버지, 그러니까 너희들에게는 증조할아버지가 이러저러한 일을 하셔서 많은 분들이 이런저런 고생을 심하게 하셨어. 그러니 우리는 죄송스러운 마음을 가져야만 해." 뭐 이런 정도의 언급만 하였다.

이야기를 다 들은 딸아이가 눈물을 흘렸다. 아직 어린 나이이기에 단순히 핍박받고 고생한 사람들에 대한 연민이 일어서일까. 아니면 내 아버지와 나, 그러니까 딸아이에게는 할아버지와 아빠의 마음고생을 배려한 것일까. 정확한 그 눈물의 의미는 모르겠다. 그런데 그 눈물을 보는 순간 구원받은 기분이 들었다. 우리는 친일파의 핏줄을 타고났지만 이렇게 때 묻지 않은 아이의 눈물을 봤을 때 그저 똑같은 인간이자 인간의 아이가 아닌가 하는 생각이 들었다.

아버지를 선택할 수는 없다. 마찬가지로 할아버지를 선택할 수도 없다. 만약 선택의 기회가 주어진다면 누가 친일파의 후손으로 태어나고 싶겠는가? 독립유공자의 자손은 아니더라도 그냥 평범한 민초의 자식으로 태어나고 싶은 것이다. 그러나 인간은 선택할 수 없는 그 운명의 굴레 속에서 살아가야만 한다. 그리고 사회에서 함께 살아가려면 내 핏줄이 저지른 과거의 잘못을 눈물로 속죄해야 한다. 그 깨끗한 눈물만이 핏줄의 부끄러움을 씻어낼 수 있다. 딸아이의 눈물을 봤을 때 이러한 생각이 퍼뜩 떠올랐다. 영국 시인 윌리엄 워즈워스가 시 「무지개」에서 '아이는 어른의 아버지'라고 했던가. 이제야 나의 응어리졌던 마음이 풀리는 기분이었다.

그러면서 한층 더 부끄러워졌다. 고작 이 한 방울의 눈물만 있었더라면, 내가 진심으로 눈물을 흘릴 줄 아는 인간이었다면, 내 할아버지의 악행으로 피해를 입은 수많은 분들과 그 후손들이 지금의 나처럼 마음의 정화를 느끼셨을 텐데…. 나와 가족을 위해서 흘리는 눈물이 아니라 그분들을 위해서 내가 눈물을 흘렸었다면….

자식들과 함께 어느 공원을 오르고 있다. 뒤에서 아내가 뜨거운 커피를 담은 보온병을 들고 따라온다. 해가 아직 떠오르기 직전의 차가운 날씨지만 나는 진한 행복을 느낀다. 올해 대입 시험을 치르는 아들을 위해 가족 모두가 새해 첫 일출을 보러 나선 것이다. 자식에 대한 교육열은 정말로 할아버지에게서 물려받은 게 아닐까 싶어 약간 웃음이 나오기도 한다.

여기는 그 옛날 내 할아버지의 땅이었고 아버지 명의였던 임야였는데 국고로 환수된 후 공원으로 바뀌었다. 경상북도 안동시와 영주시와 예천군이 합쳐진 것처럼 이제는 경상남도 고성군도 인근의 통영시 및 거제시와 합쳐져 그 이름을 잃게 되었다. 어쨌든 그 옛날 고성군수를 지낸 친일파 할아버지의 임야가 내 재산이 되지 않아 다행이라고 느낀다면 너무나 위선적인 것일까. 해가 떠오르는 걸 보는 순간 나는 그것이 위선적이라도 괜찮다고 생각한다. 아버지의 당부대로 해를 보고 살 수 있어 정말 다행이라고 생각한다.

그리고 진심으로 사죄한다. 모든 분들에게, 이 땅에 사시는 모든 분들에게, 돌아가신 모든 분들에게. 그때 해에 비친 환한 얼굴을 하고 딸아이가 묻는다.

"아빠, 왜 울어?"

2차전

약
물
에

젖
어

여하튼 세상에서 가장 행복했던 야구선수 김제영은 더 이상 없다. 약물에 젖은 비난과 조롱을 받는 야구노동자가 있을 뿐이다.

○

차라리 알지 못했다면 더 낫지 않았을까 싶은 게 있다.

지난 몇 년간 프로야구 최고의 타자로 군림한 김제영의 약물 복용 제보가 그것이다. 기자인 나에게 제보가 들어온 건 한국시리즈가 끝나고 얼마 지나지 않아서였다. 전화상으로 김제영에 대한 특종기사가 있다는 어두운 목소리였다. 종합일간지에서 야구를 담당하는 기자이긴 하지만 왜 하필 나일까 싶긴 했다. 혹시 여러 군데 찔러보는 와중에 나한테까지도 기회가 온 것일까. 그렇지 않으면 며칠 전에 내가 쓴 "김제영은 과연

120억 원의 가치를 하는가?"라는 제목의 비판적인 기사 때문이었을까.

김제영은 수도권에 소재해 있고 인기와 매출순으로 봤을 때 손가락 안에 꼽히는 팀에서 유격수 겸 3번타자로 활약했다. 그리고 얼마 전 소속팀과 FA 연장 계약을 마치고 메이저리그에서 말하는 소위 '캐딜락을 모는 선수'가 됐다. 팀을 세 번째 우승으로 이끌었고 본인은 시즌 MVP와 한국시리즈 MVP를 동시에 차지하게 되었는지라 5년간 120억 원이라는 최고의 대우를 약속받게 된 것이다. 사실 돈은 똥과 비슷한 성질이 있어 쌓일수록 파리가 꼬이기 마련이다. 하여 어제 받은 전화도 똥 주위를 맴도는 똥파리 한 마리쯤이라고 생각했었다.

그런데 전화를 많이 받아보는 사람은 한 번쯤 느껴봄 직한데 벨이 울리는 중에, 상대방이 누구인지도 모르는 전화가 울리는 순간, '이 전화는 정말 중요한 전화일 것이다.' 혹은 '기분 나쁜 소식을 전하는 것일 게다.' 같은 강렬한 느낌이 올 때가 있다. 나도 제보자에게 전화를 받기 전에 이런 느낌이 들었다. '왠지 시시한 전화는 아닐 것 같다.'라는 느낌이 말이다. 전화 통화로 그와 약속 시각과 장소를 정하는 메모를 하고는 수화기를 내려놓았을 때 두 단어만 뇌리에 남았다. 김제영, 그리고 약물.

"저는 김제영 선수의 개인 트레이너 최인수라고 합니다."

"네, 김제영 선수 같은 최고 스타에게는 구단에서 전담 트레이너도 붙인다고 하던데 개인 트레이너는 어떤 일을 하시는 겁니까?"

"예, 기자님도 아시겠지만 모든 선수가 개인 트레이너를 두고 있는 건 아니고요. 김제영 같은 A급 선수는 보통 개인 트레이너를 둬서 시즌이 끝나고 겨울 동안 훈련과 운동을 코치하게끔 합니다. 사소한 부상이 있으면 거기에 맞춰서 재활을 담당하기도 하고요. 제영이랑은, 아, 제가 김제영 선수보다 몇 살 위라서 사석에서는 제영이라고 부릅니다. 제영이랑은 10년 넘게 함께 일했고요."

"본론으로 바로 들어가겠습니다. 김제영 선수의 약물 복용을 제보하셨는데요. 정확히 복용한 약은 무엇이고 복용 시점과 횟수, 현재도 약물을 복용하고 있는지 궁금합니다."

"기자님이 아시는 것처럼 2005년까지 난드롤론(nandrolone)은 메이저 리그에서도 문제시되지 않은 약물이었습니다. 성분 표시가 명확하지 않은 에너지 드링크와 비타민제의 형태로 국내의 야구선수들도 많이 복용했습니다. 그때는 제가 제영이랑 만나기 전이라서 정확하진 않지만 제영이의 말로는 그 당시 자기뿐만이 아니라 많은 선수가 그런 방식으로 근육을 키웠다고 하더군요. 제가 제보할 약물은 그런 불확실한 게 아니라 테트라하이드로게스트리논(THG)이라는 약물을 제영이가 시즌에 한 번 이상은 꾸준하게 주사로 맞았다는 겁니다. 물론 제가 주사를 놓았고요. 이쪽 업계 안에서는 그 효용 때문인지 아니면 도핑 테스트에 잘 걸리지 않는 성질 때문인지 '더 클리어'라는 별명으로 부르는 약물입니다."

"사실 김제영 선수가 신인 시절에 비해 갑자기 홈런이 늘어서 의심을 가지는 사람도 많았는데요. 그런데 당시에는 약물에 대한 기준이라고 할지 규정이라고 할지 여하튼 혼돈의 시기인지라 김제영 선수만 가지고 문제로 삼기는 조금 부당한 면이 있긴 합니다. 이건 같은 야구계에 계시는 최인수 씨도 잘 아실 거고요. 하지만 부지불식간에 섭취하게 되는 에너지 드링크 같은 게 아니라 주사의 형태라면 좀 악질이라고 보는데요?"

"예, 뽕쟁이들 사이에서도 주사로 마약 하는 놈들은 돈 떨어지면 부모까지 판다는 속설이 있는데 이쪽도 마찬가집니다. 확실히 주사로 약물을 주입하면 효과도 좋고 걸릴 확률도 높죠."

"그런데 왜 지금까지 김제영 선수는 도핑 테스트에 걸리지 않았나요? 슈퍼스타고 하니 더 철저하게 검사했을 것 같은데요."

"그건 저도 정확히는 모르겠습니다. 그 부분은 기자님이 알아보세요."

"음, 네. 그런데 주사기라든가 증거는 가지고 계신가요?"

"허허, 장난하시나요? 제영이가 그런 부분에선 철저합니다. 전지훈련 때 미국에서 트레이너인 제 이름으로 약물을 구입하고요. 물론 현금으로 말입니다. 주사기와 약제는 우리 둘이 함께 처리하기 때문에 증거는 없습니다. 이런 철저함 때문에 아직까지 도핑 테스트에서 안 걸린 건지도 모르겠군요. 나중에 제영이가 잡아뗀다면 제가 증인으로 나설 수는 있습니다.”

“음, 증거가 없다라. 최인수 씨는 일종의 내부고발자인데 10년 넘게 인연을 이어온 김제영 선수에 대해 갑자기 약물 복용을 제보하는 이유를 여쭤봐도 될까요? 혹시 돈이 얽혀 있나요?”

“물론 돈 때문에 사이가 틀어진 부분도 있습니다. 그런데 그게 다는 아니고요. 여자 문제라고만 말해두겠습니다. 이게 중요한 점인가요?”

“어쩌면 대중은 약물보다 여자 문제에 대해 더 관심이 많고 김제영 선수를 더욱 비난할지도 모릅니다.”

“여하튼 기사는 언제쯤 내보내실 겁니까?”

“우선 김제영 선수의 반론을 들어봐야 하고요. 그리고 도핑 검사를 주관하는 한국야구위원회 쪽으로도 좀 더 캐봐야 합니다. 최대한 빨리 연락드리겠습니다.”

“예, 연락 기다리겠습니다.”

“그런데 한 가지 더 개인적인 궁금증을 여쭤봐도 될까요? 하고많은 기자 중에 왜 하필 저에게 연락을 하셨나요?”

“아, 그냥 최대일간지라서 연락드린 겁니다.”

전화벨이 느낌의 문제라면 제보를 직접 듣는 건 기자로서 직감의 문제다. 제보자의 위치나 상황을 고려할 때 그리고 구사하는 언어를 직접 접하고 나면 이 제보가 사실인지 아닌지 직감적으로 알게 된다. 이건 사실이다! 그러면 나는 눈을 감고 어느 면에 실리는 몇 단 정도의 기사가 될지 스케일을 가늠해본다. 1면 톱, 적어도 스포츠면 상단을 차지할 수 있는 분량이다. 제대로 된 기자라면 자신이 쓴 기사가 사회나 독자에 미치게 되는 영향을 먼저 생각하겠지만 나는 우선 신문지에서 차지하는 비중이 중요하다.

그렇다면 기자라는 직업의 최고 장점은 뭘까? 사회 정의를 실현하는 한 축이 된다는 것? 인터넷상에서 '기레기'라 불리는 하고많은 쓰레기 같은 기자들을 볼 때 그리고 사회 정의보다 몸담고 있는 신문사와 내가 지지하는 정치적 스탠스를 변호하는 기사를 쓰고 있는 자신을 발견할 때 과연 기자가 사회 정의를 위해서 일하고 있는지는 가히 의심스럽다. 그러고 보니 스탠스는 타자가 공을 칠 때 두 발의 위치나 벌린 폭을 뜻하는 야구 용어이기도 하다. 타격코치는 스탠스만 봐도 좋은 타자인지 나쁜 타자인지 알 수 있다고 하는데 어쩌면 야구계든 우리 업계든 스탠스가 가장 중요한 것인지도 모른다.

여하튼 내가 생각하는 기자라는 직업의 최고 장점은 유명한 사람을 직접 만날 수 있다는 거다. 텔레비전에 나오고 신문지상에 이름을 알리는 이 사회의 주인공들을 직접 만날 때마다 그리고 그들과 인터뷰를 가장한 개인적인 대화를 할 때마다 기자인 나도 혹시 스포트라이트가 빛나는 주인공의 세계에 함께 살고 있는 건 아닌가 하는 착각을 하게 된다. 일종의 약물이다. 펜과 카메라로 정치인과 연예인과 운동선수를 묘사하고 담아내면서 그 화려한 세계에 나의 스탠스 또한 한 발짝쯤 걸치고 있다는 달콤한 약물을 복용하고 있는 건지도 모르겠다.

그리고 약물이 깰 때쯤 나는 주인공의 세계가 아니라 그들의 그림자일 따름이란 냉수 같은 현실 감각이 따라오게 된다. 하여 내가 속할 수 없는 화려한 세계의 주인공을 다루는 기사는 사실보다 조금 더 시선이 삐딱하고 비판적이기 마련이다. 질투와 비슷한 감정이 섞여 들어가는 것이다.

김제영을 직접 만날 수 있는 기회는 나의 별다른 노력 없이 자연스럽게 만들어졌다. 총액 120억 원의 연장 계약을 맺은 김제영은 자신의 이름으로 훈련 환경이 어려운 학생 야구선수와 2군 선수를 위한 기금 재단을 만든다고 발표했고 그의 소속 구단은 그 훈훈한 미담을 전하기 위하여 김제영과 기자들을 한자리에 모으는 기자회견을 기획한 것이다.

인사와 덕담이 오가는 그렇고 그런 기자회견이었는데 마지막에 내가 김제영에게 물었다.

"김제영 선수, 이제 실력이나 대우 등 모든 면에서 한국프로야구를 대표하는 최고의 선수가 되었는데요. 2군에 있는 선수나 부상의 시름 속에 허우적거리는 선수 중에는 약물의 유혹에 넘어가는 이가 아직도 많습니다. 그런 선수들에게 그리고 공정한 경쟁을 해야 하는 어린 학생들에게 뭔가 당부나 해줄 말씀은 없나요?"

순간적으로 김제영의 표정을 살폈다. 프로답게 담담했다.

"예, 저는 야구계에 있는 한 명의 선수로서 사회에 모범이 되어야 한다고 항상 생각하고 있습니다. 이번에 불우한 학생과 2군 선수를 위한 기금을 조성하게 된 것도 구단과 상의해서 제가 남들보다 조금 더 많이 가졌던 행운을 나누기 위함이고요. 무엇보다 어린 학생들이 조금 더 공정하고 정의로운 사회에서 행복하게 살 수 있도록 제가 할 수 있는 일이라면 무엇이든 노력할 생각입니다. 그리고 약물의 유혹에 넘어간 선수들에게 한 마디를 보태자면 절대 스스로를 속이지 말기를 당부하는 바입니다. 그것은 야구를 사랑하는 모든 팬을 배신하는 행위입니다. 또한 종국에는 야구가 그런 행위를 용서하지 않을 것입니다."

동료 기자들이 김제영의 짧고도 멋진 연설을 받아 적고 있을 때 퇴장하는 김제영에게 나는 '최인수 씨 일로 인터뷰를 원합니다.'라는 쪽지를 건넸다. 김제영의 프로다운 담담한 표정은 루킹 스트라이크 아웃을 당한 것처럼 깨져버렸다.

"김제영 선수, 이렇게 집까지 초대해줘서 고맙습니다. 그런데 개인적인 공간으로 초대까지 한 걸 보면 제가 김제영 선수의 개인 트레이너인 최인수 씨로부터 제보받은 내용이 사실이긴 한가 봅니다."

"어떻게 말씀을 들었는지는 모르겠지만 우선 인수 형은 더 이상 저의 개인 트레이너가 아닙니다. 돈 문제로 사이가 틀어져서 저에 대해 악의적이고 과장된 소문을 전한 게 아닌가 싶습니다."

"그런가요? 최인수 씨의 말씀으로는 김제영 선수가 약물을 꾸준히 주사의 형태로 주입했고 그것도 최인수 씨가 직접 주사를 났다고 하던데요."

"기자님, 그런 심각한 문제는 증거가 있어야 합니다. 저는 수많은 도핑 테스트를 거쳤고 부상을 당한 몸으로 아시안게임에 나가서 우승까지 차지하며 국위를 선양했습니다. 그런데 기자님은 돈 문제로 틀어진 트레이너의 악랄한 제보만 믿고 사실에 기반을 두지 않은 기사를 쓰시게 되면 문제가 커집니다. 그것이 진실이든 거짓이든 저는 바로 야구계에서 매장이 될 테니까요."

"김제영 선수, 그런데 정말 약물을 복용하지 않았다면 도핑 검사를 통과했다고 말하기보다 약물에 전혀 손대지 않았다고 말하는 게 사리에 맞지 않나요? 특히 제보를 한 트레이너에 대해 돈 문제로 그러는 거라면서 공격하고 매도하는 것은 제보의 의미를 축소하려는 것처럼 생각됩니다. 그럼 김제영 선수에게 기자로서 직접 물어보겠습니다. 김제영 선수는 약물을 복용한 적이 있나요?"

"음, 기자님, 저는 정정당당하게 야구를 했습니다. 물론 제가 신인선수였을 때 에너지 드링크를 마시면서 운동을 하기는 했습니다. 그러나 그 당시는 그런 게 통용되던 시절이었습니다. 법적인 문제가 없었고 어느누구도 그런 걸 마시면 안 된다고 말하는 이도 없었습니다. 2005년쯤에 메이저리그에서 약물 문제가 처음 불거지기 시작했고 저 또한 근육 보조제에 대한 의존을 완전히 끊었습니다. 기자님, 야구는 보기보다 힘든 운동입니다. 뜨거운 땡볕에서 유격수를 보며 잔부상을 달고 매일매일을 경기에 뛰어야 합니다. 서너 시간의 경기보다 더 힘든 건 팬들에게 보이지 않는 시간에도 항상 자신의 몸을 갈고닦아야 한다는 것입니다. 그러나 저는 단 한 번도 부정한 경쟁을 했다고 생각하지 않습니다. 법적으로든 도덕적으로든 모두가 문제 삼지 않을 때 많은 선수와 함께 약간의 보조적인 도움을 받긴 했지만 그것이 제가 지금까지 이뤄낸 모든 걸 더럽히는 건 절대 아닙니다. 그리고 그것이 문제가 된다고 하더라도 그 당시에 야구계에 있던 모두가 책임을 질 일이지 저 혼자 비난을 받는 건 너무나 가혹한 일입니다. 그런데 주사라니요? 절대 그런 일은 없습니다."

"음, 김제영 선수의 주장은 알겠습니다. 그런데 기사와는 상관없는 질문을 하나 해도 될까요? 최인수 씨는 돈 문제보다 여자 문제가 제보의 결정적인 이유였다고 하는데 그건 무슨 이야기인가요?"

"허허, 그건, 그건 묵비권을 행사하겠습니다."

"네, 그럼 김제영 선수의 반론도 들었으니 취합해서 기사로 낼지 말지 데스크와 상의해보겠습니다. 이후의 취재 과정에서 다른 증인이나 증거가 나올지도 모르겠고요."

"기자님, 다시 한번 말씀드리지만 저는 정정당당하게 야구를 했습니다. 절대 벤 존슨이나 랜스 암스트롱이 아닙니다. 또한 약물 문제는 사실이냐 아니냐가 중요한 게 아니라 한 선수에게 혐의가 있다며 입에 오르내리는 순간부터 철저한 비난이 뒤따른다는 걸 명심해주셨으면 합니다. 그것은 마치 어느 사람에게 친일파라고 매도하는 것과 같습니다. 그가 친일을 한 것이 사실이냐 아니냐가 중요한 게 아니라 친일이라는 혐의가 달라붙는 순간 그는 대중에게 손가락질과 돌팔매질을 당할 테니까요. 기자님과 신문사의 선택으로 인해 야구가 전 국민에게 사랑받고 있는 이 시기에 팬들이 야구를 등지게 되는 건 아닐까 걱정됩니다. 그리고 사실이 아닌 거로 드러났을 때 기자님과 신문사는 법적인 책임을 져야 할 것입니다. 그럼 다음에는 좀 더 화기애애한 주제로 만날 수 있기를 기대하겠습니다."

야구 경기를 볼 때 관중은 투수가 던지는 공 모두는 포수의 사인을 받아 이루어진다고 생각한다. 사인 훔치기 논란이 벌어진 메이저리그에서는 포수가 손가락 대신 전자기기를 이용해 사인을 보내게끔 규정이 바뀌기도 했다. 여하튼 일반 관중은 패스트볼이든 브레이킹볼이든 타자의 몸쪽으로 붙는 경고성 위협구든 포수가 지시를 내리면 투수는 무조건 따르기만 한다는 거로 여긴다. 야구에 조금 더 밝은 팬들은 벤치에서 감독이나 투수코치가 많은 사인을 직접 내리고 포수는 그걸 슬쩍 봤다가 손가락이나 전자기기로 투수에게 전달한다는 걸 알 것이다.

기사를 써서 신문지상에 내보내는 것도 이것과 비슷하다. 기자는 데스크의 사인을 받는다. 그리고 더 위에는 감독이나 투수코치처럼 손가락으로 까딱까딱 지시하는 이가 있게 마련이다. 그런데 어차피 공을 던지는 사람은 투수라는 게 중요하다. 다시 말해 기사로 내보내는 것도 상당 부분 기자의 의지에 따라 좌우된다. 특히나 허구한 날 반론 보도를 요구받는 정치부나 신문의 광고면을 걱정해야 하는 경제부가 아닌 문화부나 스포츠부는 보도의 자율적인 면에서 특혜를 받고 있다. 하여 내가 김제영의 약물 복용에 대해 데스크와 의논한 부분은 굴지의 대기업이 운영하는 야구팀에 소속된 선수를 다룬다는 점 하나뿐이었다. 이런 의논 과정이 있어야만 나중에 내가 던진 공이 타자의 몸을 맞추는 고의적인 히트바이피치였다고 의심되더라도 나의 감독과 투수코치가 그건 사실과 다르다며 나를 감싸줄 수 있기 때문이다. 그러니 기자라는 직종은 교묘하게 위협구를 날리는 야비한 투수와 비슷한지도 모르겠다. 그것이 사회 정의 실현이라고 굳게 믿으면서 말이다.

책상에 앉아 기사 작성을 시작한다. 신문 기사는 제목만 정해지면 반은 완성된 거나 마찬가지다. 제목은 "120억 원 타자의 진실"이다. 사람들은 잘 의식하지 못하지만 큰 활자체로 거액의 돈을 적어놓으면 없던 관심도 생기게 된다. 이게 바로 돈의 힘이다. 내가 기자회견에서 김제영에게 의도적으로 날린 "약물을 복용한 선수들이 어린 팬들에게 어떤 악영향을 끼치겠느냐."라는 질문에 대한 그의 멋진 연설과 함께 나의 기사는 실릴 것이다. 그는 적시타를 날렸다고 판단했겠지만 그의 타구는 이닝을 끝내는 더블플레이가 된다. 이것이 야구의 묘미가 아니겠는가.

국가대표 유격수이자 현재 프로야구 최고 스타 김제영이 약물을 복용했다는 충격적인 제보가 전해졌다.

기자에게 직접 제보를 한 이는 김제영의 개인 트레이너 최모 씨로, 몇 년에 걸쳐 시즌이 시작되기 전에 미국의 전지훈련지에서 약물을 공급해 주사했다고 전했다. 김제영이 복용한 거로 추정되는 약물은 테트라하이드로게스트리논(THG)으로 2003년 한 익명의 육상 코치가 미국반도핑기구에 THG 스테로이드를 사용한 선수들의 명단을 폭로하고 약물 주사에 사용된 주사기를 전달한, 이른바 발코(BALCO) 사태로 유명해진 약물이다. 메이저리그의 대표적인 슬러거 배리 본즈도 이 약물을 주입한 것으로 추정된다.

우리 신문사는 김제영에게 직접 반론을 청구한 결과 김제영은 일체의 부정행위를 하지 않았다고 주장했다. 그러나 개인 트레이너의 내부고발이 나온 이상 김제영의 주장은 입지가 좁아 보인다. 한편 도핑 검사를 주관하는 한국야구위원회에도 검사 자료를 요청했으나 규정에 따라 2020년 이전의 자료는 모두 폐기했으며 그 이후로 1군 선수 중에 도핑 검사에 걸린 경우는 이미 보도된 세 명의 선수 외에는 없다는 내용을 보내왔다.

기사와 함께 신인 시절의 깡마른 김제영의 사진과 현재의 근육질 사진을 함께 내보냈다. 이런 건 일종의 착시이기도 하다. 그리고 짧지 않은 내 경험상 사진은 몇 줄의 글보다 더 강렬한 효과를 자아낸다. 그런 의미에서 신문은 죽었다 깨어나도 방송을 절대 이길 수 없다.

신문사가 조간신문을 통해 특종을 쏟아내던 시절은 이미 지나갔다. 이제 기사는 실시간으로 인터넷에 실린다. 그 기사는 2차로, 3차로 다른 매체에 퍼 날라지고 교묘하게 가공된다. 게다가 이제는 SNS라는 불특정다수의 날개도 새로이 달렸다.

그 기사에 대한 의견으로 수많은 댓글이 기사 밑에 달라붙지만 어차피 감정의 쓰레기장일 뿐이다. 배출구로서의 기능만 가능하지 기자들에게 그 댓글이 읽히고 영향을 주게 되지는 않는다.

저녁 6시쯤에 우리 신문사 인터넷 홈페이지와 포털 사이트 및 SNS를 점령한 김제영의 약물 복용 소식은 반응이 가히 폭발적이었다. 얼마 전

120억 원이라는 최고 대우를 받은 스타 선수는 방귀만 뀌어도 뉴스가 되는데 그의 가장 어두운 면이 폭로된 것이다.

대중은 어쩌면 반가운 소식보다 그렇지 않은 소식에 더 열광하는지도 모른다. 그것은 익명의 그늘 아래서 공격 본능을 마음껏 드러낼 수 있기 때문이 아닐까 싶다. 인터뷰 중에 김제영이 나에게 신신당부한 것처럼 대중은 약물 복용이 사실인가 거짓인가 보다 그 혐의에 대해서 비난할 것인가 침묵할 것인가만 결정하게 된다. 그리고 언제나 비난의 목소리가 더 크게 들린다. 이제 인터넷 세상에서 김제영을 이름 그대로 불러주는 이는 없다. 모두 조롱의 의미로 '김제약'이라고 부른다. 대중 또한 공격성을 공공연하게 드러내는 약물에 젖은 것이다. 어쩌면 약물의 효과는 현실보다 인터넷 세계에서 더 빨리 더 넓게 더 강하게 퍼진다.

현명하게도 김제영과 소속팀의 반응은 신속하고 깔끔한 편이었다. 그들에게는 약물 복용 혐의가 불거지면 이렇게 저렇게 하겠다는 매뉴얼이라도 있는 것일까. 김제영은 기자회견을 열고 먼저 자신의 이름이 불명예스러운 소식에 언급되었다는 점에 대해 팬들에게 사과했다. 그러면서 자신의 전직 개인 트레이너 최모 씨의 주장은 명백히 사실과 다르며 돈 문제로 사이가 틀어져 악랄한 헛소문을 퍼트린다고 호소했다. 소속팀의 단장과 감독은 마이크를 잡고서 김제영을 언제나 신뢰하지만 자체적인 내부 조사를 진행할 것이며 책임 소재를 분명히 하겠다고 전했다. 또한 선수와 팀을 위해서 근거 없는 비난과 조롱을 자제해줄 것을 요청했다.

기자가 마운드 위에서 던지는 기사는 사회에 큰 영향을 줄 것 같지만 사실 그렇지 않다. 시간이 지나면 모든 게 흐지부지해진다. 이 사건은 저 사건으로 덮이고 이 소식은 저 소식으로 대체된다.

나는 김제영의 약물 복용 기사가 프로야구 판을 크게 흔들 것으로 생각했지만 그렇지는 않았다. 야구가 잠시 죽고 다시 살아난 이듬해 봄이 되자 프로야구 관중 수는 지난해와 비교해 유의미한 변화가 없었고 하나의 엔터테인먼트 산업으로 계속해서 잘 굴러갔다. 야구단을 운영하는 모기업도 욕을 먹든 조롱을 받든 김제영의 스타성은 유효하다고 생각했는지 형식적인 내부 조사만 벌였으며 혐의를 확인할 수 없었다는 면죄부를 발행했다.

그리고 내게 김제영의 약물 복용을 제보했던 최인수가 갑자기 연락을 끊어버려 나의 후속 취재와 보도는 벽에 막혀버렸다.

다만 김제영에게 조금 불행했던 점은 약물을 복용했던 다른 선수들을 비난하는 인터뷰를 한 직후에 자신의 약물 복용 혐의가 보도되는 바람에 더 악질적인 약쟁이란 비난을 받게 된 점이다. 하여 인터넷 세상에서 '김제약'이라는 조롱의 댓글은 줄어들지 않고 있다.

찬란한 빛을 발하는 스타가 땅에 떨어지면 사람들은 그 별을 더 심하게 발로 밟곤 한다. 어쩌면 사랑받는 존재의 숙명은 그 사랑이 비난으로 변해 더 큰 부메랑으로 돌아올 수 있다는 위험성을 갖고 있다는 게 아닐까. 그 위험성이 항상 존재하기 때문에 스타는 평범한 사람이 구경해보지도 못하는 큰돈을 받는 것이리라. 일종의 위험수당이다. 여하튼 세상에서 가장 행복했던 야구선수 김제영은 더 이상 없다. 약물에 젖은 비난과 조롱을 받는 야구노동자가 있을 뿐이다.

그렇기 때문일까. 자존심이 강한 김제영은 약물 복용 혐의를 제기한 나의 기사가 나온 지 정확히 1년 후에 은퇴를 발표해버렸다. 100억 원이 넘는, 대부분의 사람이 죽기 전에 만져보지도 못할 돈을 간단하게 포기해버린 것이었다. 야구로 돈을 버는 게 목적이 아니라 모기업의 홍보 효과를 위해 야구단을 운영하는 대기업은 김제영이 포기한 돈에다 그와 비슷한 금액을 보태 문어발식 계열사 중 하나인 제약회사로 하여금 불치병 연구를 위한 기금을 조성하겠다고 발표한 게 아이러니라면 아이러니일 것이다.

그가 은퇴를 발표하면서 언론사들을 통해 팬들에게 전달된 편지는 이러했다.

오늘 정말 전하고 싶지 않은 소식을 알려드립니다.

저는 남은 계약 기간 4년을 포기하고 은퇴를 결심했습니다.

아직 더 뛸 수 있는 힘이 남아 있고 저의 마음은 온통 그라운드 안으로 향해 있지만 더 이상 팬들에게 사랑받지 못하는 선수는 제가 사랑하는 야구에게 계속해서 열정을 쏟을 수 없다는 걸 알게 되었습니다.

1년 전쯤 어느 날, 저의 주사 주입으로 인한 약물 복용 기사가 실렸고 모든 것이 변했습니다.

저는 이 자리를 빌려 다시 한번 저의 혐의를 부정하는 바입니다.

그러나 저에게는 원죄가 있습니다.

기사가 보도한 것처럼 테트라하이드로게스트리논(THG)은 저의 몸에 조금도 들어가지 않았지만 신인 시절 많은 선배와 동료 선수가 그러했던 것처럼 정체를 알 수 없는 에너지 드링크와 비타민제를 부지불식간에 복용했습니다.

우리는 그걸 '메이저리그 커피'라고 불렀습니다.

커피를 마시는 것처럼 아무 죄의식 없이 보약 들이키듯 먹은 것들이 제 몸의 근육이 되고 집중력을 갖고 공을 더 오래 지켜볼 수 있게 만들어주었는지도 모르겠습니다.

당시의 그런 것들은 규정이나 법적으로, 그리고 도의적으로도 문제시되지 않았습니다.

많은 선수가 다 하는 것들이니까요.

그러나 저는 1년의 시간 동안 비난을 몸소 접하면서 많은 생각을 하게 되었습니다.

신인 시절에 왜 그 선배는 정체불명의 약물을 섭취하지 않고 그라운드를 한 바퀴 더 뛰었고, 그 동료는 부상에 아파하면서도 약물의 도움 없이 힘든 재활 훈련만을 선택했을까 하는 생각이었습니다.

그 선배와 동료는 저보다 더 성공적인 선수 생활을 하지 못했고 돈도 적게 벌었으며 부진과 부상으로 생각보다 더 빠른 은퇴를 결심해야 했습니다.

그들은 왜 그랬을까요?

왜 제가 행했던 쉬운 길을 놔두고 어렵고 힘겨운 진창으로 걸어갔을까요?

자신이 사랑하는 야구에 진실하고 싶었기 때문일 겁니다.

그리고 스스로에게 당당하고 싶었기 때문일 겁니다.

그러나 오만한 저는 한 인터뷰에서 저의 원죄를 생각지 않고 많은 이들과 함께 행한 편법들이 당시의 규정에 어긋나지 않았다는 사실만을 면죄부로 삼아 현시대에 약물의 유혹에 빠진 2군 선수와 부상 선수를 상대로 높은 곳에 서서 가르치는 태도로 그들을 모욕했습니다.

그것은 "너는 내일 일을 자랑하지 말라. 하루 동안에 무슨 일이 날는지 네가 알 수 없음이니라."라는 잠언 27장 1절의 말씀을 새기지 않고 거만한 태도를 보였기에 팬분들께 도리어 비난을 받게 되었다고 인정합니다.

하여 저는 이제 제가 사랑하는 야구에 속죄하는 심정으로 조용히 은퇴하고자 합니다.

존경하는 선배 동료 선수처럼 박수를 받고 그라운드를 떠나지는 못해도 훗날 팬분들과 야구가 저를 용서해준다면 저만이 할 수 있는 작은 역할을 하며 한 명의 야구인으로 살아가고 싶습니다.

소속팀과 저를 사랑해주셨던 팬분들께 다시 한번 사죄와 감사의 인사를 드립니다.

메이저리그나 우리의 프로야구에서 많은 약물 복용 선수들이 도핑 검사에 걸린 이후에도 남은 계약 기간을 준수하고 때로는 더 큰 금액으로 재계약을 맺는 경우가 왕왕 있다. 그들이 홈런을 치고 팀을 우승시켰을 때 팬들은 종종 망각이라는 약물에 취해버린다. 쉽게 용서하고 이전의 잘못을 덮어버리게 마련이다. 반대급부로 다른 편에 속한 이들은 선수의 약물 복용 사실을 더욱 악랄하게 조롱하게 된다. 김제영을 '김제약'으로 부르는 것처럼 말이다. 그리고 단체 경기라는 야구의 특성을 생각하지 않고 개인의 특출한 능력이 승부를 결정짓게 된다는 믿음에 빠져 팀이 이룩한 승리나 우승이라는 금자탑도 약물 선수의 부정으로 인한 것이라 쉽게 폄하하곤 한다. 자신부터 약물 복용 혐의가 짙은 보스턴 레드삭스의 슬러거 데이비드 오티즈의 말처럼 모두가 진흙탕에 빠지게 되는 것이다.

그런 의미에서 김제영의 자존심과 야구를 사랑하는 마음은 스스로를 진흙탕에서 빠져나오게끔 했다.

나는 김제영이 은퇴를 발표하면서 일정 부분 본인 변호를 할 때까지도 내 기사가 사실이라고 굳게 믿었다. 제보자의 위치와 상황이 거짓을 말하는 게 아니라고 생각했다. 무엇보다 나는 제보자의 눈을 믿는 편이라 최인수의 눈빛은 거짓을 말하는 것이 아니라고 확신했다.

그러면서도 김제영의 은퇴 편지를 읽으며 약물의 폐해에 대해 다시 한번 생각해보게 되었다. 나는 지금까지 약물의 가장 큰 폐해는 그 약물이 종국에는 선수의 몸을 망치게 만드는 것이라고 여겼다. 마약을 국가가 제재하는 이유와 마찬가지로 선수에게 능력 향상을 도와주는 약물을 금지하는 가장 큰 이유는 결국 선수의 몸을 망치게 하는 것이라고 생각한 것이다. 다음으로 생각한 약물의 부수적 폐해는 돈과 명예가 걸린 공정한 경쟁을 약물이 더럽히는 것이라 생각했다.

그런데 김제영 사태를 겪으며, 아니 이 사태의 한 축으로서 다시 생각해보는 약물의 가장 큰 폐해는 약물의 시대 자체가 모든 것을 불신시대로 만든다는 게 아닐까 싶다.

김제영의 마지막 시즌에 그가 날린 큼지막한 타구가 워닝트랙에서 외야수에게 가까스로 잡힐 때 팬들은 '약발'이 떨어졌다고 조롱했고 그가 이전에 이룩한 모든 홈런은 약으로 만들어졌다고 불신하게 되었다. 나 또한 김제영의 부진 소식을 전하며 컨디션의 저조라든지 육체적인 잔부상이나 심리적인 영향은 제쳐두고 불법적인 약물의 도움을 더 이상 받지 못해서 그런 건 아닐까 하는 뉘앙스의 기사를 게재했었다. 마찬가지로 이전 시대에 김제영만큼 활약한 전설과 영웅들의 기록도 불신의 눈으로 다시 보게 되었다. 약물의 시대에 산 투수들은 어떻게 이런 빠른 공을 던지고 타자들은 어떻게 그걸 또 대형 홈런으로 날려버리지? 혹시 약물을 복용한 건 아닐까? 이렇게 모두의 가치관이 약물에 젖어버리는 것이다.

이러한 불신시대를 떨쳐버리는 것이야말로 약물에 젖은 야구가 다음 시대를 위해 극복해야 할 가장 큰 숙제이리라.

"그 여자를 쫓아라."라는 프랑스 문학의 관용구가 있다. 문제의 핵심은 항상 여자이며 여자를 쫓아가면 문제의 해답이 풀린다는 것이다.

내가 최인수와 김제영을 인터뷰할 때 그들이 얼버무리며 언급을 피한 '여자 문제'가 사실 이 제보의 발단이었다. 나로서는 뼈아프게도 경쟁사 일간지의 야구기자가 둘 사이에 끼인 여자의 존재를 취재해서 특종을 보도했다.

김제영이 야구선수로 대성하기 전에 유망주로서 약간의 명성만 날리고 있을 때 최인수의 여동생과 사귀었으나 둘은 수많은 남녀가 그러하듯이 그렇고 그런 이유로 헤어졌다. 최인수의 입장에서는 돈과 명예를 거머쥔 김제영이 자신의 여동생을 일방적으로 버렸다고 오해해서 나에게 접근해 주사기로 약물을 주입했다는 거짓 제보를 한 것이다.

그 기사로 인해 김제영의 명예는 약간 회복됐고 나는 오보를 퍼트린 기자가 되었다.

이번에는 반대로 내가 약물에 젖어 자극적인 기사로 특종을 꿈꾼 것에 대한 책임을 질 때이다. 그렇지만 나는 독자의 알 권리를 내세우며 내가 가진 알량한 것들을 포기할 수는 없을 듯하다. 눈을 씻고 주의해서 찾지 않으면 보이지도 않는 신문지의 구석에다가 조그맣게 사과문을 실을 예정이다. 그것은 나의 감독이자 투수코치인 데스크와 윗선에서 기자인 내가 던진 빈볼은 사소한 실수였다고 해명하는 절차의 한 부분일 따름이다.

이래서 이 바닥에 젖어 있는 약물을 끊을 수가 없다.

애인이랑 야구보기

3차전

스
퀴
즈

보험 조사관 정영훈이 시도한 스퀴즈 번트 타구는 파울 라인을 교묘하게
들락날락한다. 만약 타구가 세이프되면서 끝내기 승리를 했다고 쳐도 진
정으로 이긴 것인지는 의문이다. 정영훈은 보험 조사관으로서 할 일을 했
을 뿐이라고 생각했다.

○

　서울역에서 동대구역까지 가는 KTX는 정시에 출발해 도착했다. 정영
훈은 KTX가 처음 생겼을 때 KTX와 새마을호가 서울역에서 부산역까지
걸리는 각각의 시간과 금액을 비교해본 적이 있다. 물론 KTX가 더 비쌌
고 더 빠르게 도착했다. 그런데 그 시간 격차와 금액의 차이에 대한 비율
을 꼼꼼히 계산해보니 한국철도공사는 도착 시각이 1분 더 빠르다면 200
원을 더 비싼 가격으로 책정하고 있었다. 그때 정영훈은 1분의 가치가
200원이라고 생각했다. 물론 현재는 시간의 가치가 더욱 폭등했으리라

짐작할 따름이다.

비둘기호였는지 무궁화호였는지 정확히는 기억나지 않지만 정영훈은 20대 군인이었을 때 기차 안에서 담배를 피울 수 있었던 시절을 떠올렸다. 참으로 야만스러운 시절이었지 싶다. 기차가 연착되는 건 다반사였고 온갖 냄새들이 코를 마비시켰던 시대였다. 그래도 그 시절에는 중년의 남자 혹은 어린 여자가 카트를 밀면서 맥주와 삶은 달걀을 팔았고 그게 또 그렇게 맛있을 수가 없었다. 정영훈은 어린 시절 열차 안에서 부모님이 사주었던 프랑크소시지의 맛을 떠올리며 약간 허기를 느꼈다.

그 시절에도 위험성 때문에 열차 꼬리 칸의 뒷문은 잠겨 있었을 텐데 왜 뒤로 밀려가는 풍경을 보면서 담배를 피운 기억이 났을까. 아마도 기억의 조작이겠지 싶었다. 그러면서 정영훈은 밀려가는 풍경을 봤던 게 아니라 시선을 내리깔아 철로를 보았다고 생각했다. 열차 안에 앉아 있을 때는 직선처럼 똑바로 가고 있다고 생각했는데 기찻길을 돌아보면 구불구불했구나 하고 생각되었다. 자기의 인생도 그러하지 않았을까 싶었다. 자신은 똑바로 살았다고 생각하지만 어쩌면 기찻길보다 더 구불구불했으리라.

정영훈은 동대구역의 롯데리아에 앉아 새우버거 세트를 우적우적 먹었다. 프랑크소시지를 아직도 팔면 좋을 텐데 하고 생각하면서 말이다. 롯데리아 옆에 있는 편의점에서 산 스포츠조선을 펼쳐보면서 감자튀김을 입으로 가져갔다. 왜 감자튀김을 프렌치프라이라고 할까 하는 쓸데없는 호기심이 생겨 스마트폰으로 검색해보려다가 손에 묻은 새우버거 소스와 토마토케첩 때문에 호기심을 뭉개버렸다. KTX 특실로 예매했다면 조간신문과 스포츠신문 등을 공짜로 볼 수 있었을 텐데 경비를 줄이기 위해 어쩔 수 없이 일반실로 예매했다는 걸 떠올리며 손에 묻은 새우버거 소스와 토마토케첩을 스포츠조선의 지면에다 닦아냈다.

스포츠조선의 1면에는 젊은 외야수 도진호가 굳게 입을 다문 채 정면을 응시하는 사진이 크게 실려 있었다. 슬퍼 보이기도 하고 미안해하는 것처럼 보이기도 했다. 재작년에 도진호는 정신적인 문제 때문에 어린 나이에 선수 생활을 은퇴한다는 갑작스러운 발표를 했었다. 신인왕 출신으로 매년 3할 타율을 자랑하던 1번타자였기 때문에 소속팀의 팬뿐만이 아니라 모든 야구팬들은 큰 충격을 받았다. 어느 정도의 정신적인 문제이기에 성공이 보장된 야구선수라는 커리어를 스스로 끝낸다는 말인가 하면서 말이다. 어쩌면 대중은 그 나이의 젊은이들이 쉽게 벌 수 없는 큰 돈을 이렇게 간단히 포기할 정도로 정신적인 문제란 심각한 것인지가 더 궁금할지도 모른다.

그런데 도진호의 이름이 최근 언론에 오르내리는 이유는 전 소속 구단의 미담 때문이었다. 은퇴를 선언한 도진호에게 몇 년 동안이나 최저 금액이지만 선수 계약을 유지하도록 해줬다고 한다. 그가 정신과 치료를 온전히 받을 수 있도록 직장건강보험을 계속 가질 수 있게 도왔고 구단주가 소유한 국내 최고의 병원에서 적절한 치료를 받을 수 있게 제공했다는 내용이었다. 그러한 야구단의 미담이 밝혀져 스포츠조선을 비롯한 유수의 스포츠신문에 도진호와 김유선 단장이 함께 있는 사진이 1면에 크게 실렸다. 신문을 읽던 정영훈은 이제까지 존재가치를 잘 몰랐던 야구단의 홍보부가 일을 하기는 하는구먼 생각했다.

정영훈은 김유선 단장의 사진에서 눈보다 입꼬리를 주의 깊게 쳐다봤다. 직업 특성상 참과 거짓을 판별할 때 눈보다 입이 더 많은 정보를 제공한다고 믿고 있기 때문이다. 김유선 단장의 굳게 다문 입과 살짝 아래로 향한 입꼬리는 그가 어떤 사람인지 쉽게 판단할 수 없다고, 고액 보험 전담 조사관인 정영훈은 생각하며 스포츠조선을 둘둘 말아 새우버거 포장지와 함께 버렸다.

서울의 복잡한 지하철 노선도와 달리 3호선까지밖에 없는 대구의 지하철 노선도는 직관적으로 알아보기 좋았고 어떤 면에서는 아름답기까지 했다. 야구장은 2호선 대공원역에 있다. 정영훈은 동대구역에서 1호선을 타고 반월당역에서 2호선으로 갈아탔다. 동대구역에서 출발해서 넉넉하게 잡아도 30분 정도의 시간이면 도착할 수 있었다. 하지만 정영훈은 오랜만에 방문한 대구의 거리를 볼 수 있게 택시나 버스를 탈걸 하고 후회했다. 대구의 더위야 너무나도 유명하지만 서울보다는 확실히 공기의 질이 더 좋은 것 같았다. 은퇴하면 한반도의 동쪽인 강원도나 경상도에서 여생을 보내야지 하는 생각을 해보다가 과연 아내가 동의해줄까 싶어 쓴 웃음을 지어봤다.

광주에서 온 원정팀과 맞서는 경기는 오후 6시 30분에 열릴 예정이다. 하지만 정영훈이 방문한 오후 1시의 경기장은 조용했다. 관리인과 청소 부들만 분주하게 움직이며 저녁 경기를 준비하는 게 보였다. 또한 대부분의 음식점들도 본격적으로 영업을 시작하지는 않는 듯 한산했다. 물론 몇 시간 후에 펼쳐질, 관람객들의 지갑을 열게 하는 한판 대결을 서서히 준비하고 있으리라. 정영훈은 언제 야구장을 와봤더라 하며 기억을 되짚 어보지만 정말 오랫동안 한국프로야구를 보지 않았구나 싶었다. 어린 시 절에는 야구를 좋아했으나 20~30대 시절에는 메이저리그만 간혹 시청 하다가 이제는 그마저도 흥미를 잃어버렸다. 해서 도진호라는 이름도 이 번 일 때문에 처음 알게 되었다.

정영훈은 안내원의 도움을 받아 1층 로비로 들어섰다. 수많은 트로피 가 장식되어 있지만 한눈팔지 않고 단장실로 바로 들어섰다. 약간 멍한 표정의 김유선 단장이 얼굴을 들고 누구시더라 하는 표정으로 정영훈을 바라봤다. 정영훈은 며칠 전 전화로 약속을 잡은 사실을 밝히며 자신의 직책과 이름을 알려줬다. 둘은 아주 형식적인 악수를 했다.

"안녕하세요. 에스에스보험 조사1팀의 정영훈입니다."

"네, 안녕하세요. 김유선입니다."

"대학 동기가 우리나라 최대 신문사의 기자인데 그놈이 딱 하나 부러운 게 유명한 사람을 직접 만날 수 있고, 아무나 갈 수 없는 곳에 일을 핑계로 갈 수 있다는 거더군요. 저도 이 일을 하면서 이렇게 훌륭한 구단의 단장실 같은 내부를 직접 가볼 수 있게 되네요. 사무실이 참 훌륭합니다."

"아이고, 지은 지 얼마 되지 않아 좋게 보일 뿐이지 자세히 보면 누추한 편입니다."

"신문을 보니 참 좋은 일을 하셨더라고요. 도진호 선수에게도 큰 도움이 될 것 같습니다."

"네, 조사관님, 우리 구단이 돈은 많지만 잘 쓸 줄 모른다는 외부의 평가가 있었는데 도진호 선수에게 조그만 도움을 주게 되면서 그래도 인정이 있는 구단이란 말이 도는 것 같아 저도 흐뭇합니다."

"이번 일 처리는 단장님 개인의 지시였나요?"

"저도 독단적으로 할 수 있는 건 잘 없죠. 야구단의 단장이란 게 큰 권한이 있는 자리 같지만 그건 미국의 메이저리그 이야기지, 우리나라에서는 프런트의 일반 직원들보다 조금 더 높은 월급쟁이일 따름입니다."

"하하, 그렇군요. 그래도 결정은 단장님께서 하신 거겠죠. 요즘 세상에는 너무 겸손해도 허물이 됩니다."

"말씀 고맙습니다. 그런데 도진호 선수의 계약이 보험과 관련이 있나요? 제가 보고 받기로는 선수 고액 보험으로 방문하신다고 들었습니다만."

그때쯤 비서로 보이는 여성이 차 두 잔을 들고 들어왔다. 정영훈은 '남들보다 조금 더 높은 월급쟁이'가 이런 아름다운 비서를 둘 수 있을까 하는 헛된 생각을 혼자 하면서 살짝 미소를 지었다.

"아, 단장님, 사실 제가 방문한 이유는 도진호 선수 때문이 아니라 에이스 투수 진승민 선수 때문입니다."

"음, 승민이요?"

우리나라 프로야구의 단장들은 크게 두 부류로 나뉘는데 선수 출신이 그 하나이고 나머지는 야구와는 거리가 먼 경제학 전공 출신의 전직 증권맨 같은 족속이다. 김유선 단장은 전자에 속한 이로, 본인이 야구선수였기에 모든 현역 선수들을 후배 대하듯이 이름을 쉽게 부르곤 했다. 만약 전직 증권맨이 단장이라면 선수와 둘이 있을 때는 어떨지 모르겠지만 정영훈 같은 제삼자와 대화할 때는 꼬박꼬박 이름 뒤에 선수라고 붙였을 것이다. 그리고 어떤 이유인지는 모르겠으나 김유선 단장이 도진호와 진승민을 대하는 어투에서 살짝 뉘앙스가 달라지는 느낌을 받았다. 한 명은 은퇴를 선언한 전직 야구선수이기 때문인지도 모르겠다.

정영훈은 따뜻한 차를 한 모금 머금은 뒤 천천히 잔을 내려놓았다. 그리고 김유선 단장의 눈이 아닌 입을 잠시 쳐다봤다.

고액 보험 전담 조사관 정영훈은 사실 진승민의 부상에 대한 조사를 맡게 되어 대구에 내려간 것이다. 진승민은 1주일 전에 갑자기 팔꿈치 통증을 호소하면서 선발 로테이션을 거르게 되었고 며칠 전에 수술이 필요하다는 이유로 시즌 아웃을 선언했다. 아직 확실한 소식이 전해지지는 않았지만 팬들 사이에서는 진승민이 일명 토미존 수술이라는 팔꿈치 인대 접합 수술을 받게 될 것이고 약 2년 가까이는 마운드에 설 수 없을 거라는 소문이 퍼졌다.

정영훈을 비롯한 조사1팀은 진승민의 부상에 대해 은밀하지만 심도 있는 조사를 했고 그가 경기나 훈련 중이 아니라 사적인 활동으로 팔꿈치 부상을 당했다는 가까운 지인의 증언을 확보했다. 거액의 FA 계약을 할 때면 부상에 관한 위험 부담 때문에 우리 같은 보험사에 고액을 내거는 보험에 가입하게 된다. 그런데 진승민 지인의 증언이 중요한 이유는 경기 중이나 훈련 중에 당한 부상은 보험사에서 보험금을 주게 되지만 사적인 활동으로 당한 부상은 보험사가 보험금을 지급할 필요가 없기 때문이다.

진승민은 7년 FA 계약을 맺으면서 총액 140억 원이라는 엄청난 액수의 계약을 맺었다. 보통 업계의 관행은 거액 FA의 경우 총금액의 1%를 보험료로 납부한다. 그리고 부상으로 뛸 수 없게 되면 그 시간 동안 보험사가 구단에게 선수의 연봉을 지급하게 된다. 진승민의 경우는 구단에서

1억 4천만 원이라는 거액의 보험료를 납부했다. 그리고 부상으로 2년을 뛸 수 없으니 구단 대신 우리 보험사에서 약 40억 원이라는 엄청난 금액의 돈을 지급하게 되는 것이다.

야구에는 스퀴즈(squeeze)라는 게 있다. 영어 단어 자체는 쥐어짜낸다는 뜻인데 야구에서는 3루에 주자가 있을 때 점수를 얻기 위해 번트를 대는 작전을 뜻한다. 물론 투수, 포수 배터리와 내야수들이 쉽게 대비하지 못하게 기습적으로 번트를 대는 것이 핵심이다. 꼭 필요한 한 점을 쥐어짜내기 때문에 그런 이름을 얻은 듯하다.

정영훈을 비롯한 조사1팀은 도진호 선수의 아름다운 계약을 형식적으로 조사한다는 연기를 살살 피웠으나 결국 노리고 있던 것은 진승민 선수의 부상 문제였다. 방망이를 길게 잡고 강공을 하는 척 연기를 하다가 갑자기 번트를 댄 것이다.

그런데 스퀴즈는 야구뿐만이 아니라 카드 게임에서도 쓰이는 용어이다. 카드 내용을 읽기 위해 손안 카드의 끝을 천천히 미는 것을 뜻한다. 무슨 카드를 쥐었는지 살짝만 보는 것이다. 그 스퀴즈의 핵심은 표정 관리에 있다. 좋은 카드인지 나쁜 카드인지 상대가 눈치채면 카드 게임은 필패이기 때문이다. 김유선 단장은 정영훈의 얼굴을 바카라 선수처럼 그런 식으로 쳐다봤다. 그리고는 의도적으로 크게 웃음을 터트렸다.

"하하, 승민이가 다친 것 때문에 오신 건가요? 먼 길을 힘들게 오실 필요 없이 우리 구단은 충실히 조사에 협조했을 텐데요."

"네, 단장님, 진승민 선수 때문에 온 게 맞습니다."

"그런데 조사관님, 우리 구단은 국내 최고 부자 팀 중의 하나인데 고작 40억 원을 사기 치려고 그런 짓을 하겠습니까?"

"40억 원이 적은 금액은 아니지요. 그리고 저희 조사1팀에서 조사한 바에 의하면 진승민 선수는 자전거를 타다가 넘어져서 팔꿈치를 다친 거로 알고 있습니다."

"증거는요?"

"아직은 밝힐 수 없지만 가까운 지인의 증언이 있었다고 해두죠. 물론 증언 외에도 확실한 물증이 있지만 구단에서 그에 따른 대비를 할 수 있는지라 현시점에서 밝힐 수는 없습니다. 이해해주시죠."

중국 송나라 학자 정이천은 '소년등과일불행(少年登科一不幸)'이라 했다. 젊은 나이에 과거 시험에 급제하는 것이 첫 번째 불행이란 뜻이다. 요즘은 어린 아이돌 스타나 운동선수에게 쓸 수 있는 말이지 않을까 싶다. 그네들은 젊은 나이에 유명해지고 크게 성공했기 때문에 더 큰 유혹에 빠지게 마련이다. 그 유혹 중에는 자신이 모두에게 아무렇게나 대해도 항상 사랑받는다는 착각이 들어 있다. 가까운 지인과 매니저 등에게 예의 없이 대하는 것이 나중에 자신의 발을 걸고넘어지게 되는 것이다.

진승민도 어린 나이에 국가대표로 선정될 정도로 성공했고 그 성공의 보상으로 큰돈을 벌었으며 많은 이에게 과분한 사랑을 받았기에 겸손한 자세를 잃고 가까운 지인은 물론 팬들에게까지 안하무인으로 행동한다는 말을 듣곤 했다. 그가 자전거를 타다가 다쳤다는 증언을 한 이도 에이전트 회사 소속의 진승민 전담 운전기사였다. 둘은 나이가 동갑이었는데 하나는 하늘의 별 같은 존재이고 다른 하나는 운전뿐만이 아니라 개인적인 심부름도 해야 하는 위치인지라 사이가 틀어졌는지도 모른다. 진승민이 소속된 에이전트 회사 측에서는 선수가 기사를 편하게 대하라고 동갑인 직원을 배정했으나 그 때문에 오히려 관계가 꼬여버린 것이다.

또한 업계의 문외한들은 고작 자전거를 타다가 2년이나 쉬어야 할 정도의 큰 부상을 당할 수 있을까 하고 의심할 수 있을 터이다. 하지만 보험업계에서는 자전거, 전기 동력 자전거, 킥보드 등으로 인한 사고 접수가 해마다 크게 늘고 있으며 탈것들의 속력이 빨라짐에 따라 인체 상해의 정도도 심각해진다는 내부 연구가 이어지고 있다. 따라서 새로운 탈것들은 새로운 보험의 블루오션이기도 하다.

야구선수들은 다른 종목의 선수들과 다르게 순간적으로 힘을 증폭시키는 능력이 탁월하다. 투수의 경우 대부분의 시간은 정적인 자세를 취하지만 한번에 힘을 모아 자신이 던질 수 있는 최고의 속도로 공을 뿌리게 된다. 그 힘을 최대한으로 쥐어짜려면 몸을 이루는 수많은 관절과 근육을 순간적으로 굽혔다가 풀어야 한다. 셀 수도 없이 반복해야 하는 이러한 동작들로 인해 선수의 신체는 소모품처럼 닳게 된다. 대중이 '유리 몸'이라며 조롱하는 선수들 또한 실제로는 매우 건강한 20~30대의 청년 이지만 그 관절과 근육에 순간적으로 부하를 거는 작업을 끊임없이 해야 하기 때문에 부상의 늪에 빠지게 되는 경우가 왕왕 있다. 또한 일반인들 이 자전거나 킥보드를 타다가 부상을 당하면 뼈가 부러지거나 인대가 늘 어나는 정도겠지만 야구선수들의 경우 평소 훈련으로 단련된 관절과 근 육의 밸런스가 무너지기 때문에 더욱 위험할 수 있다.

진승민의 경우는 불운도 함께 따랐는데 자전거가 넘어지면서 공을 던 지는 오른팔을 지면에 대다가 팔꿈치 부상이 더욱 치명적으로 변하였다. 오른손 투수의 경우 가벼운 가방조차도 오른쪽 어깨에 걸지 않을 만큼 조심해야 하는 게 야구계의 관행이자 불문율이다. 하지만 세상 무서울 것 없는 젊은 스타 진승민은 그런 불운 따위야 당연히 자신을 피해갈 것 이라 여기며 너무 자신만만하게 행동했다.

"조사관님, 외부에서 볼 때는 선발투수의 일과에 대해서 잘 모르시겠 지만 사실 선발투수는 던지는 날보다 나머지 4일이 더 힘든 법입니다. 메이저리그의 전설적인 투수 로저 클레멘스가 그랬죠. 자신은 선발투수 로 나서는 날이 가장 편하다고요. 나머지 날들은 끝없는 러닝과 훈련으 로 입에서 단내가 난다고 말이죠. 승민이도 선발투수로 공을 던지는 날 이 아니라 나머지 날들 동안 훈련하면서 더 힘들어합니다. 그때 부상을 당하기도 더 쉽고요. 언론에 보도된 대로 승민이는 선발 등판하고 이틀 후 타자를 세워두고 행한 라이브 피칭 훈련 중에 팔꿈치 부상을 입은 겁니다."

"구단의 공식 입장은 그렇겠죠. 하지만 저희 조사1팀 부서에서는 진승민 선수가 훈련 중이 아니라 자전거 타기 같은 사적인 활동으로 팔꿈치 부상을 당했다고 판단 중입니다. 또한 말씀하신 로저 클레멘스는 몰래 반칙을 쓴 '약쟁이'인 걸로 알고 있는데, 아닌가요?"

"음, 우리 구단과 에스에스보험의 의견이 이렇게 다르니 이제는 어떻게 되는 겁니까? 소송이라도 하시는 겁니까?"

"글쎄요. 그건 마지막 단계이고 야구단을 소유한 힘 있는 재벌에게 저희 같은 작은 보험사가 그런 도박을 하지는 않겠지요. 다만 저희는 사실을 바로 잡아야 하는 의무가 있습니다. 진승민 선수와 구단의 담합으로 40억 원이라는 거액을 저희 회사가 지급해야 한다면 결국 일반 소비자들에게 소소하지만 보험료가 오르게 되는 피해가 돌아가기 때문입니다."

"옳은 말씀입니다. 우리 모그룹도 보험사를 소유하고 있으니까 백번 이해가 가는 말씀입니다. 자, 그럼 각자의 의견이 이렇게 다르니 다음 단계는 어떻게 되는 겁니까?"

"저희 회사는 정해진 약관에 의해 진승민 선수를 따로 불러 조사하고자 합니다. 그때는 경찰관의 입회하에 귀사 및 진승민 선수의 주장과는 다른 증언을 한 증인과 대질조사를 할 것이며 필요할 경우 거짓말 탐지기를 사용할 수도 있습니다. 진승민 선수에 대한 보험 계약을 추진할 때 양측이 모두 동의한 사항입니다."

"예, 일단 알겠습니다. 우리 구단 변호사님과 상의한 후 추후에 다시 답변드리겠습니다."

하지만 결론부터 말하면 에스에스보험의 조사1팀과 진승민 선수의 만남은 이루어지지 못했다. 보이지 않는 거대한 손이 작동한 것이다. 아마도 '남들보다 조금 더 높은 월급쟁이' 위에 있는, 훨씬 힘이 센 고위층의 누군가가 조사 자체를 무산시킨 것이리라. 야구단의 간판스타가 이런 불미스러운 일로 뉴스나 신문, 특히 인터넷 포털과 커뮤니티 사이트에 오르내리는 자체가 재계를 이끌어가는 모그룹의 이미지에 먹칠하는 것으로 판단했을 것이다. 해서 보험사의 넘버 원이 직접 지시를 내렸다. 40억 원이고 400억 원이고 간에 조사 자체를 뭉개라고 말이다.

그리고 그 일이 있은 지 2주도 되지 않아 정영훈을 포함한 에스에스보험의 조사1팀원들은 뿔뿔이 흩어져 예전에 하던 관련 업무와는 완전히 다른 부서에 배치되었다. 스퀴즈 번트를 성공했다고 좋아했는데 상대팀이 다음 회에 바로 역전 홈런을 날려버린 격이었다. 역시 야구의 꽃은 홈런인가 하고 쓰디쓴 담배 연기를 내뱉을 뿐이었다.

또한 진승민을 담당했던 젊은 운전기사도 에이전트 회사에서 해고됐다. 정영훈이 그에게 위로를 담은 안부 전화를 건네니 오히려 속 시원하다고 말했다. 거기서 더 오래 일했으면 도진호 선수처럼 스트레스로 정신병을 앓았을 것이라고 말이다. 둘은 나중에 소주 한잔하자고 말하며 전화를 끊었지만 아마도 두 번 다시 만날 일은 없을 것이다.

정영훈은 에스에스보험의 고액 보험 전담 조사관으로서 진승민을 만나지는 못했지만 친구의 도움으로 몇 걸음 떨어지지 않은 곳에서 그의 말을 들을 수는 있었다. 스포츠조선에서 야구 담당 기자로 있는 장현식이 바로 그 친구이다. 그는 예전에 조선일보 스포츠부에 있다가 약물 관련 오보 때문에 좌천된 적이 있었다. 여하튼 불의의 부상을 당한 에이스 투수를 인터뷰하는 기사를 한 면 가득 실을 예정이란 친구의 전화를 받고 정영훈은 사정 이야기를 대강 해주면서 그 인터뷰 자리에 자신이 함께 있을 수 있는지 물어봤다. 장현식은 정영훈에게 인터뷰 자리에서 한마디도 하지 않는 조건으로 사진기자인 척 가만히 있으라고 주문했다. 요즘은 언론사에서도 경비를 줄이기 위해 글을 쓰는 기자가 사진까지 맡아야 한다나. 정영훈은 언론사 중에서 가장 잘나가는 곳도 이러한데 다른 곳들은 경제적으로 더 심각하겠구나 하는 쓸데없는 걱정을 해봤다.

정영훈은 마스크를 쓰고 사진기자인 척하며 인터뷰 장소인 카페에 도착했다. 진승민이 보험 조사관 따위를 알아볼 턱이 만무하지만 스스로가 당당하지 못한 것 같아서 마스크를 착용했다. 진승민이 카페의 문을 열고 등장했을 때 정영훈은 텔레비전에서 보는 것보다 덩치가 좀 작은 편 같다고 느꼈다. 투수들은 항상 야구장 그라운드보다 약간 높은 마운드 위에 서 있었기 때문인지도 모르겠다. 아니, 어쩌면 스타란 그런 존재인지도 모른다. 멀리 있을 때 더 크고 빛나 보이는 존재 말이다. 가까이서 보니 그저 멀끔하게 잘생긴 옆집 대학생 같아 보였다.

"진승민 선수, 안녕하세요. 스포츠조선의 장현식 기잡니다. 옆은 저희 회사 사진기자고요."

"네, 안녕하세요. 부상 중에 이렇게 팬분들과 소통할 수 있게 불러주셔서 감사합니다."

"부상 이야기부터 해볼까요? 어떻게 다치게 되었나요? 소속팀의 팬뿐만이 아니라 모든 야구팬들이 걱정하고 있는데요. 부상 경위에 대해서 다시 한번 설명해주시죠."

"네, 지난 마지막 선발 등판 후 이틀째와 사흘째에 라이브 피칭을 하는 게 저의 루틴입니다. 이것은 선발투수마다 모두 다른데요. 어떤 선배님은 선발 등판 후 바로 다음 날부터 하시는 분이 계시고, 어떤 투수는 아예 하지 않고 피로한 어깨를 쉬게 해주는 게 낫다는 의견도 있더라고요. 여하튼 저는 이틀째에 라이브 피칭을 하다가 팔꿈치가 이상한 느낌이 들어 바로 팀 닥터와 감독님께 말씀드리고 이렇게 수술을 받게 된 겁니다."

"팬들도 그렇지만 선수 본인부터 실망이 크겠어요?"

"예, 당연합니다. 올해는 저희 팀 전력이 좋아서 우승까지 내심 노리고 있었는데 선발진의 한 축인 제가 이렇게 이탈하게 되어 팬분들께도 너무 죄송하고 구단에도 미안하고 그렇습니다."

"그럼 부상 이야기는 너무 속상하실 테니 도진호 선수 이야기를 좀 해 볼게요. 어쩌면 도진호 선수 이야기가 더 어두울지도 모르겠습니다만 말이죠. 정신적인 문제가 있다고 하고 구단에서 선수를 위해 애를 썼다는 특종 보도를 저희 신문사에서 내보내긴 했는데요. 같은 동료로서 어떤 정신적인 문제였는지 알 수 있을까요? 민감한 이야기라면 말씀하지 않으셔도 됩니다. 데스크에서 거르기도 할 거고요."

"음, 저도 같은 그라운드에서 함께 뛴 동료긴 하지만 정확한 사정은 잘 모릅니다. 투수진과 야수진이 서로 깊이 교류하지 않기도 하고요. 나이는 저보다 여섯 살이나 어린 후배라서 많이 어울리지 못해 정신적인 문제가 있는지는 잘 몰랐습니다. 만약 알았다면 어떻게라도 도왔을 텐데 말이죠."

카메라의 렌즈를 통해서 진승민을 봤다. 정확히 말하면 그의 입을 봤다. 이상하게도 자신의 부상 이야기보다 도진호의 정신적인 문제를 언급할 때 그의 입꼬리가 부자연스럽다고 느꼈다. 무조건 의심하고 보는 것도 직업병일까. 정영훈은 뭔가 자신이 놓친 것이 있다는 느낌이 들었다. 갑작스럽게 예정에 없던 도진호를 만나봐야겠다고 결심했다.

폴 오스터의 소설 중에 『스퀴즈 플레이』라는 게 있다. 정계에 진출하려는 전직 야구선수를 둘러싼 미스터리 탐정소설인데 정영훈은 젊은 시절에 그 소설을 읽었으나 내용을 전부 잊어버렸다. 현재는 왜 제목이 『스퀴즈 플레이』일까 하는 의문만 남아 있다.

물론 보험 조사관은 어떤 면에서 탐정과 비슷하다고도 할 수 있다. 매번 속이고자 하는 이와 대결해야 한다. 그러한 대결의 연속은 자신의 영혼을 즙착기 속의 과즙처럼 쥐어짜지게 만든다. 세상이 온통 거짓처럼 보이게 된다. 그야말로 고약한 직업병이다.

진승민과의 인터뷰를 마친 후 정영훈은 바로 도진호를 찾았다. 그런데 도진호와의 만남은 정영훈을 슬프게 만들었다. 학생뿐만이 아니라 다 큰 성인이나 덩치 큰 운동선수도 괴롭힘의 대상이 될 수 있다는 걸 새삼 알게 되었다. 도진호가 머뭇거리며 어렵사리 들려준 이야기의 내용은 입단 후부터 내내 진승민의 주도로 폭력을 동반한 집단 괴롭힘을 당했으며 그 때문에 정신적인 문제를 겪고 있다는 것이었다. 도진호의 주장대로라면 이 문제를 김유선 단장을 포함한 구단의 고위층과 프런트도 진즉에 알고 있었으며 간판스타 대신 신인급 선수를 희생시키자는 그들만의 어둡고 추악한 담합이 존재한 것으로 판단된다.

정영훈을 포함한 제삼자들과 대중은 그런 집단 괴롭힘을 당한 도진호를 이해하지 못할 수도 있다. 실제 그런 일이 있었다면 언론 등에 폭로하거나 트레이드를 요구하면 되지 않겠냐고 생각하기 때문이다. 그런데 '당국자미 방관자명(當局者迷 傍觀者明)'이라는 바둑 격언처럼 밖에서 보면 쉽게 보이는 길을 정작 당사자는 안에서 미로처럼 헤맬 수 있다. 어린 시절부터 운동만 했기에 자신이 소속된 집단만이 전부라고 생각했을 수도 있다. 어쨌든 도진호는 적절한 도움을 받지 못하고 마음의 병이 커져 선수 경력마저 끝나게 되었다.

정영훈은 자신의 직업에 대해 생각해보았다. 자신의 일은 진실과 거짓을 판별하여 회사의 이익을 높이는 데 목적이 있다. 사연 없는 사람이 어디 있으랴. 큰돈이 드는 병이나 불의의 사고로 보험금을 받게 되면 그들에게 절실한 도움이 되겠지만 자신의 일은 그저 진실과 거짓을 조사해 최대한 회사의 자금이 보험금 신청인에게 돌아가지 않도록 하는 것이다. 그 일을 하면서 월급을 받아 자기 가족을 부양하고 있다.

그런데 왜 상관도 없는 도진호로 인해 정영훈은 슬프고 화가 나는 것인지 곰곰이 생각해봤다. 그리고 기찻길을 떠올렸다. 자신은 제법 똑바로 살아왔다고 자부했지만 뒤돌아보면 기찻길처럼 구불구불하지 않았다고 어떻게 장담할 것인가. 탈선해버린 젊은 선수의 기찻길을 자신이 바로 잡아줄 수는 없어도 잠시 내려 그의 등을 두드려줄 수는 없는 것일까 하고 생각해봤다. 만약 그렇게 한다면 목적지에 가장 빨리 도착하는 것만이 제1의 과제인 KTX와는 어울리지 않겠구나 싶었다.

먼저 친구인 장현식 기자에게 도진호에 대한 조사자료를 넘기고 그를 다시 한번 만나 취재해보라고 종용했다. 친구는 성격상 투덜투덜 대겠지만 아직 특종 감각은 죽지 않았으리라.

정영훈은 인터넷 포털과 프로야구 커뮤니티 사이트에 도진호의 정신적인 문제가 진승민 때문이란 것을 알리고 김유선 단장을 포함한 구단 수뇌부도 사건을 덮기로 한 공범이라고 주장했다. 그러면서 진승민이 입은 부상은 알려진 것과 다르게 훈련 중에 당한 것이 아니라고 덧붙였다.

이제 여론의 힘을 믿을 뿐이다. 대중의 특성상 진승민을 옹호하는 주장과 젊고 건방진 선수를 싫어하는 주장이 팽팽히 맞붙을 것이다. 어쩌면 여론이란 것은 보험 조사관이 중시하는 진실인지 거짓인지가 중요한 게 아닐지도 모른다. 대중은 믿고 싶어 하는 것을 믿는다. 그리고 많은 사람이 기차에 올라탔기 때문에 자신은 목적지도 모른 채 그저 그 차량에 올라탈 뿐이다.

정영훈은 친구인 장현식 기자가 조금 이른 시기에 추가 보도를 해주었으면 싶었다. 물론 도진호에 대한 취재가 쉽지 않을지도 모른다. 운동선수는 천성적으로 기자를 멀리하기 때문에 말이다. 그리고 전 소속 구단은 도진호에게 정영훈이 모르는 다른 당근을 제시했을 수도 있다. 진실을 말하지 않는 대가로 돈을 주는 것은 얼마나 고전적이고 고리타분한가.

보험 조사관 정영훈이 시도한 스퀴즈 번트 타구는 파울 라인을 교묘하게 들락날락한다. 만약 타구가 세이프되면서 끝내기 승리를 했다고 쳐도 진정으로 이긴 것인지는 의문이다. 정영훈은 보험 조사관으로서 할 일을 했을 뿐이라고 생각했다. 물론 자신의 감독 격인 에스에스보험의 넘버 원은 멀뚱히 서서 스트라이크 아웃을 당하고 들어오라고 사인을 보냈다. 하지만 그는 거짓이나 침묵이 아니라 진실을 택하는 것이 수많은 보험 가입자인 고객은 물론 종국에는 보험사에도 이익이 되리라 판단했다. 어쩌면 그편이 결국 공범의 혐의가 있는 야구단은 물론 가해자인 진승민까지도 도울 것이다. 보험 조사관으로서 진실은 언젠가는 밝혀진다는 것을 매번 봐왔기 때문이다. 해서 최고 명문구단은 자신의 치부를 빠르게 떨쳐낼 수 있고 큰 잘못을 한 젊은 선수는 부상 기간 동안 속죄의 방법을 찾아 죗값을 치른 후 제2의 선수 생활을 다시 시작할 수 있다고 생각했다.

물론 보험금처럼 정의의 열매 또한 반드시 보장되는 것은 아니다. 그리고 제삼자가 정의라고 생각하는 것이 정신적인 문제를 겪는 도진호에게 실질적인 도움이 되는 길인지도 확실하지 않다. 하지만 정영훈은 쥐어짜낼 수밖에 없다. 그것이 자신의 직업윤리라고 믿기 때문이다. 뒤를 돌아보면 구불구불하게 살아왔겠지만 자식들에게만은 프랑크소시지를 건네면서 자신이 기차처럼 앞을 향해 똑바로 전진했다고 말해주고 싶다.

스핀이 걸린 스퀴즈 번트 타구는 파울 라인 안과 바깥을 넘나들다가 딱 멈춰버렸다.

애인이랑 야구보기

애인이랑 야구보기

사랑하는 사이를 야구 한 경기에 대입시키면 말이야. 가끔씩 생기는 기회나 위기는, 혹은 좋았던 순간이나 슬펐던 때는 잘 기억이 나도 아무 일 없이 지나갔던 그 수많은 평탄한 나날은 잘 기억할 수 없잖아? 사실 그 수많은 평탄한 나날이, 그리고 아무 일 없이 흘러가는 이닝들이 사랑과 야구를 이룩하는 것인데 말이야.

○

플레이볼! 데릭 로우가 데릭 지터를 상대로 첫 공을 던지네. 아아, 타구가 투수 허벅지에 맞은 후 3루수 빌 뮬러가 잡아서 1루로 송구해서 아웃! 다행이야. 나는 항상 첫 공이 중요하다고 생각해. 거기서부터 모든 것이 시작하잖아. 공 하나하나가 다 중요하겠지만 이상하게 첫 공이 잘 들어가면 그날 경기는 꼭 이길 것 같단 말이지.

잘 들어간다는 게 무슨 뜻이야? 스트라이크가 된다는 뜻?

글쎄, 꼭 첫 공이 스트라이크가 된다는 것보다 스트라이크 존의 구석에 꽂힌다는 느낌이랄까? 볼이라도 아슬아슬하게 볼 판정을 받는 것도 괜찮고 말이야. 뭐, 이번처럼 첫 공 하나로 아웃 카운트 하나를 벌어도 뭔가 이득인 느낌이지.

삼성 라이온즈에 김상엽이란 선발투수가 있었는데 첫 투구가 스트라이크면 그날 경기의 승리투수가 되고 첫 공이 볼이면 패전투수가 되는 징크스가 있었지. 물론 모든 경기에서 그랬다는 건 아니고 내가 볼 때마다 그렇더라고. 여하튼 투구 스타일이 진짜 사나이였지.

자기는 테스토스테론과 전혀 거리가 먼 남자인데 사나이라는 말은 엄청 좋아하더라. 그런데 김상엽은 홀수 연도에만 잘했던 선수 아냐?

맞아, 1990년대의 홀수 년에만 강했다는 전설이 내려오긴 하지.

그런데 야구에서 첫 공이 중요하다고 한 건 경기가 끝났을 때 돌이켜 보니 투수의 첫 공이 이러했다면 좋았을 텐데 혹은 첫 공이 패스트볼이 아닌 슬라이더였으면 더 나았을 텐데 하고 후회를 한 적이 많아서 그런 생각을 한 것 같아.

그게 무슨 말이야?

딱 떨어지게 설명하기는 어려운데. 야구는 세 시간이나 네 시간 정도 하잖아? 한 경기에 팀마다 200개 가까운 공을 던지고 말이야. 1회 부터 9회까지 딱딱 끊어져 있다고 보이는 것 같아도 하나의 유기적 인 흐름으로 보이기도 하거든. 그러니 만약 오후 6시 30분에 경기를 시작한다고 치고 선발투수가 첫 공을 던지는데 1분 빨리 시작하거 나 1분 늦게 시작해서 그 유기적인 흐름이 살짝 바뀐다면 경기의 승 패까지도 바뀌는 게 아닐까 싶거든.

하, 너무 철학적이라 무슨 말인지 잘 모르겠다.

아, 어쨌든 1회초는 삼자범퇴로 잘 막았네. 3차전까지 보스턴 레드 삭스가 초반에 점수를 계속 내주는 바람에 경기를 어렵게 끌고 갔거 든. 역시 첫 공으로 쉽게 아웃 카운트 하나를 잡아서 1회를 무사히 넘긴 느낌이야.

한 명이라도 출루해서 4번타자 마쓰이 히데키에게 연결시켰어야 하 는데 말이지. 지금 마쓰이 히데키의 타격감이 장난 아니거든. 포스트시즌처럼 큰 경기에서는 이렇게 미치는 선수가 나와야 우승하는 것 같아.

그 햄버거 말이야?

흐흐, 뉴욕 양키스의 조지 스타인브레너 구단주가 '스테이크인지 알고 샀더니 햄버거였다.'라는 그 말 하는 거지? 부인은 하지 않을게. 일본에서 아무리 거포라고 해도 메이저리그에서는 좀 움츠러들긴 하더라. 일본에서 뛸 때는 별명이 무려 '고질라'였는데 말이야.

그래도 이번 ALCS에서는 진짜 무서운 타자야. 알렉스 로드리게스보다 더 잘 치는 것 같아. 3차전까지 뉴욕 양키스가 모두 이겼는데 그 중심에는 마쓰이 히데키가 있었어. 특히 3차전의 타격전은 마쓰이 히데키가 백미였고 말이야. 이렇게 쉽게 승리하고 월드시리즈에서 우승까지 하면 1++ 등급 스테이크지, 뭐.

스테이크에도 그런 등급을 매기는지는 모르겠네. 여하튼 그러고 보니 3차전은 19 대 8이라는 정말 대단한 타격전이었지. 미국에서는 타격전을 스프리(spree)라고 하더라.

그 단어는 흥청거리는 술자리 같은 뜻 아니었어? 하긴 점수가 많이 나는 타격전을 보면 타자들이 회식하는 느낌이 들긴 하더라. 흔한 우스갯소리처럼 보약 먹고 하는 회식인가.

하하, 흥청이란 단어가 나와서 그런데 흥청은 연산군 때 각 지역에서 널리 불러 모은 기생을 뜻하는 단어였대. 그런 임금의 짓거리가 나라를 망하게 한다고 흥청망청이라고 했다나. 그나저나 뉴욕 양키스의 선발투수 올랜도 에르난데스는 투구폼이 참 웃기지? 이 선수 별명이 스페인어로 공작을 뜻하는 '엘 듀케'던데 귀족의 작위보다 그냥 공작새 같지 않아?

하하, 투구폼이 진짜 공작새 같다. 올랜도 에르난데스도 3루수 알렉스 로드리게스의 호수비를 도움받아 첫 타자 쟈니 데이먼을 잘 잡았네.

그러네. 올랜도 에르난데스는 쿠바 출신인데 보트를 타고 망명했다고 하더라.

어이구, 야구에 목숨을 걸었네.

어쩌면 돈이라고 봐야지. 물론 메이저리그에서 던지고 싶은 욕망 그 자체는 목숨이나 돈보다 더 클 것 같기도 해. 내가 올랜도 에르난데스였어도 운에 맡기고 망망대해로 떠나는 보트에 내 몸을 실었을 것 같아.

LA 다저스와 세인트루이스 카디널스의 단장 브랜치 리키가 그랬지. '운은 계획의 산물이다.'라고.

어, 첫 흑인선수 재키 로빈슨을 메이저리그로 영입한 양반이지. 운은 계획의 산물이라! 멋있는 말이네. 운은 계획의 선물이라고 해도 괜찮지 않아? 흐흐.

올랜도 에르난데스는 미국으로 망명한 게 오래된 것 같은데 인터뷰 영상을 보니 아직도 통역을 쓰네.

정확하게 영어를 구사할 수 없다면 본인의 뜻이 왜곡될 수도 있으니까 그런 것 아닐까? 시애틀 매리너스의 스즈키 이치로도 영어를 웬만큼 구사할 수 있지만 그런 이유로 항상 공적인 인터뷰 자리에서는 통역을 쓴다고 알고 있거든.

그렇기도 하겠네. 나는 스페인어를 모국어로 쓰는 사람은 영어도 쉽게 배우지 않을까 하는 선입견이 있었나 봐.

여하튼 1997년에 쿠바에서 망명한 올랜도 에르난데스는 뉴욕 양키스와 보스턴 레드삭스가 대결했던 1999 ALCS에서 뉴욕 양키스의 1, 5차전 선발투수로 등판해 모두 승리투수가 됐고 그 시리즈의 MVP까지 수상했어.

그랬구나. 그런 정보들은 내 머리에 아직 업데이트가 되어 있지 않아서 잘 몰랐어.

1990년대 후반의 뉴욕 양키스는 정말 강했는데 말이야. 뉴욕 양키스의 팬으로서 그 시절이 너무나 그리워.

매니 라미레즈와 데이비드 오티즈가 2사 후에 볼넷으로 출루했지만 다음 타자 제이슨 배리텍이 스트라이크 아웃되면서 1회말도 소득 없이 끝났네. 좀 출출한데 뭐 먹을 것 없어?

어젯밤에 먹다 남은 피자가 있는데 데워줄까?

좋지.

잠깐만 기다려. 오호, 마쓰이 히데키가 2회초 시작부터 바로 2루타를 치네.

이야, 진짜 1++ 등급 스테이크네. 그나저나 피클은 없어?

어, 피클은 다 먹었는데.

피클 없이 이 느끼한 피자를 어떻게 먹어?

미안. 나도 어제 피자가 느끼해서 피클을 끝장내버렸네.

와, 1사 3루에서 3루주자 마쓰이 히데키를 홈에서 잡다니! 실점 위기에서 정말 다행이다. 유격수 올랜도 카브레라의 수비가 끝내줬어.

어, 아쉽다. 그런데 피클 이야기가 나와서 하는 말이지만 야구 용어중에 피클이 있는 거 알아?

아니, 오이 피클 외에 무슨 뜻이 있는데?

원래 피클은 바닷물을 뜻하는 네덜란드어 'Pekel'에서 유래했다고 해. 짭조름한 게 쉽게 연상되지? 어쨌든 피클은 곤란한 상황을 뜻하기도 한다네. 'in a pickle'이라고 하면 곤경에 처한다는 뜻의 숙어로 자주 쓰이기도 하고 말이야. 그래서 야구에서 주자를 아웃시키기 위해 수비수들이 몰아가는 런다운플레이를 피클이라고도 해. 3루주자 마쓰이 히데키가 아웃되지 않으려고 이리저리 왔다 갔다 했다면 피클이라고 했겠지. 피클 이야기를 한 김에 오이(cucumber)는 수분이 많고 시원한 성질 때문에 'as cool as a cucumber'라고 하면 숙어로 매우 차분하고 냉정한 상태를 뜻한다고 해. 야구에서는 위기 상황에서 매우 침착하게 대처하는 선수를 묘사하는 표현이기도 하지. 참고로 피자에 얹힌 양파(onion)는 그 둥근 모양과 까놓으면 하얀 색깔 때문에 속어로 야구공이란 뜻으로도 쓰이고 피자 아래에 있는 큰 접시(dish)는 홈플레이트를 지칭하기도 한다네.

오호, 양파가 야구공으로 쓰이기도 하는구나. 사과(apple)도 속어로 야구공을 뜻하거든. 야구의 도시인 뉴욕의 애칭이 빅 애플이기도 하고 말이야. 참고로 내가 응원하는 보스턴의 별칭은 빈 타운인데 보스턴이 미국 지도의 머리 위치에 있어서 콩이란 뜻이면서 머리라는 속어로도 쓰이는 빈(bean)을 붙인 거야. 야구에서 흔히 쓰이는 빈볼도 타자의 머리로 향하는 투구란 뜻이지. 그나저나 바닷물이 어원이라는 네덜란드어가 참 의미심장하다. 아까 올랜도 에르난데스가 보트로 망명했다고 했잖아? 망명한 야구선수 중에는 열악하고 낙후한 보트 때문에 직접 헤엄쳐서 망명한 선수도 많다고 하더라. 그때의 바닷물은 곤란 그 자체이지 않을까? 어떤 쿠바 출신 망명 선수의 이야기를 들어보니까 해변의 수비대가 총까지 쏘기도 했다네. 어쨌든 피클 없이 피자를 먹으려니 맥주 없는 치킨 같네. 아침부터 맥주를 마시기도 좀 그렇고 말이야.

아마도 맥주가 바다보다 더 많은 사람을 죽였을 거야.

하하, 어쨌든 콜라로 입가심이라도 해야겠다. 피자가 생각보다 너무 느끼하네.

2회까지는 양팀 모두 무득점이고 3회초에 2사 후 데릭 지터가 3루 강습 안타로 출루하네. 역시 데릭 지터야! 큰 경기에 강하단 말이야.

3루수 빌 뮬러가 이번에도 잡아줬으면 좋았는데. 이래서 3루수를 핫 코너라고 하나 봐. 강한 타구가 3루 쪽으로 너무 자주 오는 것 같네.

그러게. 그리고 예전에는 요즘보다 좌타자가 적었을 것 같아. 대부분 이 오른손잡이 타자라서 3루 쪽으로 가는 타구가 많았겠지.

한번 통계를 구해봐도 재밌을 것 같아. 요즘은 강한 좌타자가 더 많은 느낌이거든. 데이비드 오티즈처럼 말이야. 그러니 1루 수비도 3루수처럼 더 중요해진 것 같기도 해. 1루수도 핫코너로 불리는 때가 꼭 올 거야.

오케이, 바로 그거야! 알렉스 로드리게스가 그린몬스터를 넘기는 시원한 투런 홈런을 날려버리네. 역시 홈런이 최고야! 스티브 잡스도 그랬잖아. '한 번의 홈런이 두 번의 2루타보다 낫다.'라고. 물론 기술 이나 경영에 관한 은유겠지만 말이야.

아아, 투 아웃에서 홈런 한 방을 맞으니 너무 안타깝네. 이렇게 되니 까 아까 데릭 지터의 3루 강습 안타가 너무 아쉬워. 3루수 빌 뮬러가 그걸 아웃시켰어야 했는데 말이야.

그렇게 따지면 끝이 없는 게 야구지, 뭐. 그런데 관중이 불만의 표시로 그라운드 안에 공을 던졌는데 그걸 중견수 쟈니 데이먼이 다시 관중석으로 던져주자 다른 관중이 또다시 그라운드로 공을 던지네. 그 공을 심판이 치워서 결국 이 해프닝을 끝냈어.

미국식 조크 같은 걸까?

3연패 중인 홈팀이 먼저 점수를 내줘서 자칫 분위기가 무거워질 수 있었는데 이렇게 웃고 넘어가는 것도 좋을 것 같아.

그나저나 원래 알렉스 로드리게스는 보스턴 레드삭스에서 데려오려고 했는데 일이 틀어져서 뉴욕 양키스로 가버렸지. 그때 얼마나 아쉽던지.

정말 일이 교묘하게 틀어졌었지. 남녀 간도 그런 타이밍이 있는 것 같아.

어떤?

우리가 연인이 된 것도 어쩌면 그 시기와 그 상황에 딱 맞아서 그런 게 아닐까? 우리 사이도 1년쯤 됐는데 작년 이맘때에 시기나 상황이 맞지 않았다면 맺어지지 않았을 거잖아. 선수 간의 트레이드도 그런 시기와 상황이 딱 맞아야 할 것 같다는 말이야.

그래, 여하튼 아직 3회초밖에 안되었지만 보스턴 레드삭스는 진짜 위기네. 3연패에다가 4차전도 먼저 실점을 해서 마음이 조급할 것 같아.

그러게. 단지 2 대 0이지만 좀 커 보이는 점수 차긴 하네.

빠르게 쫓아가야지, 아니면 정말 위험해지겠어.

올랜도 에르난데스의 공이 지저분한 게 참 괜찮은데. 보스턴 레드삭스 타자들의 마음이 급해지겠어. 조급해지면 현란한 투구폼을 가진 공작새에게 잡아먹히지.

그러고 보니 실생활에서 지저분하다는 표현은 절대 좋은 뜻이 아닌데 투수의 공을 설명할 때는 깨끗하다는 것보다 훨씬 더 좋은 뜻이 되는 게 참 재밌네. 그나저나 공작새는 육식이야? 공작새가 뭘 먹을지 궁금하네.

느끼한 피자와 피클은 아닐 테고 나도 잘 모르겠다.

3회말에 타자들이 힘을 내줘야 하는데 삼자범퇴 느낌이 나네. 올랜도 에르난데스가 예전부터 큰 경기에 강한 것 같아.

어, 나도 빅게임 피처 냄새가 나더라. 마치 존 스몰츠나 조시 베켓처럼 말이야. 그러고 보니 큰 경기에 강한 투수는 따로 있는 느낌이지?

그러게. 정규 리그에서 아무리 잘해도 10월에는 새가슴이 되는 투수가 있고, 반면 큰 경기에 자기 실력을 유감없이 발휘하는 투수도 있는 것 같아. 올랜도 에르난데스는 후자겠지. 우승 반지도 몇 개나 되지?

정확히는 모르겠는데 뉴욕 양키스가 1998년부터 2000년까지 3년 연속 우승할 때 계속 있었던 것 같아. 자기 역할도 잘해줬고 말이야.

시험이나 일에서도 결정적일 때 잘하는 사람이 있잖아? 반면 수능처럼 인생이 걸린 시험에서 자기 실력을 발휘하지 못하고 망치는 사람도 있고 말이야. 직장에서 중요한 프레젠테이션이 있는데 벌벌 떠는 사람도 있고 그걸 기회로 활용해 남들 앞에서 뽐내는 사람도 있고. 그런 게 야구랑 인생이 참 비슷한 것 같아.

듣고 보니 그렇기도 하네. 보스턴 레드삭스에도 올랜도 에르난데스 같은 투수가 있잖아? 빅게임 피처 커트 실링!

그런데 지난 ALDS 1차전에서 애너하임 에인절스랑 경기하다가 발목을 다친 것 같아. 그 여파인지 ALCS 1차전 때 양키스타디움에서 선발 등판했다가 크게 무너졌고 말이야. 나이도 적지 않아서 올해는 어렵겠어. 아마 시리즈가 이어져도 커트 실링은 전력 외로 생각해야 할 것 같아.

너무 빨리 포기하는 것 아니야? 끝날 때까지 끝난 게 아니라고.

흐흐. 요기 베라의 명언처럼 정말 그리됐으면 싶네. 그런데 그거 알아? 그 유명한 말은 요기 베라가 라틴어 명구에서 베낀 거라는 걸.

정말?

어, 예전에 라틴어 습득 때 보고 인상적이어서 기록해뒀지. '이드 임페르펙툼 마네트 둠 콘펙툼 에리트(Id imperfectum manet dum confectum erit)'라고 해. 끝날 때까지는 아직 끝난 것이 아니다.

와, 완전히 요기 베라가 만들어낸 말인지 알았네.

그리고 뉴욕 양키스에서 열 번이나 우승한 레전드로서 한 말도 아니야. 뉴욕 메츠에서 감독할 때 한 말이라고 하더라.

와, 이건 더 놀랍다. 나는 당연히 뉴욕 양키스의 명포수가 경기에 지고 있을 때 동료들을 독려하며 날린 멋진 문구라고 생각하고 있었거든. 그 멋진 말을 듣고 동료 선수들이 각성해서 수많은 역전승을 해낸 줄 알았어. 뉴욕 양키스의 팬으로서 이 말은 괜히 들은 것 같다. 환상이 조금 깨져버리네.

요기 베라 이야기가 나와서 그런데 예전에 요기 베라가 직접 쓴 책을 보니 이탈리아 이민자였던 자기 아버지는 그렇게 아들이 야구하는 걸 반대하셨대.

왜?

아마 그깟 공놀이를 직업으로 안 봤던 것 같아. 땀 흘려 돈 버는 거룩한 노동을 원하셨던 게 아닐까 싶어. 어쨌든 그 때문에 야구나 운동에 소질이 있던 요기 베라의 형들은 선수의 꿈을 접고 다른 일을 하게 되었다고 해. 그러면서 형들은 막내인 요기 베라만은 야구를 계속하게 하자고 아버지를 설득했다고 해. 재밌는 이야기가 있는데 요기 베라가 자기 아버지에게 두둑한 용돈을 드리면서 형들도 야구나 운동을 시켰으면 세 배나 더 받으셨을 거라 하자 아버지가 뭐라고 한 줄 알아?

뭐라고 하셨는데?

네 어머니를 탓하려무나!

하하. 남 탓하시는 게 대한민국의 아버지들을 보는 것 같은데.

이제는 정말 시대가 변해서 운동에 재능이 있으면 부모가 뒷바라지도 열성적으로 하더라.

그러게. 그런데 나는 내 자식이 운동선수가 되는 건 반대야.

왜?

음, 운동선수로 성공하면 상상할 수도 없는 큰돈을 벌고 연예인처럼 대중으로부터 크나큰 사랑을 받잖아? 그런데 그 성공의 확률이 너무 낮아.

그런 면도 있지.

그런데 재능이 너무나 뛰어나서 운동선수로 성공했다고 쳐. 야구로 치면 드래프트 되어서 스타로 크는 거야. 이승엽처럼.

어, 그런데?

그런데 그 빛나는 시절이 너무 짧은 게 슬플 것 같아. 앞으로 백세시대일 텐데 아무리 오래 뛰어도 30대 중반에는 은퇴해야 하는 인생은 너무 슬프지 않아?

돈을 많이 벌고 예쁜 아내에 귀여운 아이들이 있어도?

어, 남은 인생의 3분의 2를 빛났던 20대와 30대를 추억이나 하며 사는 삶이 과연 행복할지 모르겠어. 잘 풀려야 감독 같은 위치에서 젊은 선수들을 보면서 나도 저런 시절이 있었지 하며 자위하지 않을까 싶은데.

무슨 말인지 대강은 이해가 돼. 그런데 강호동처럼 운동선수 이후에 제2의 인생을 살 수도 있고 운동했던 경험을 밑천으로 삼아 다른 일을 더 잘할 수도 있지 않을까. 어차피 정답은 없는 것 같아. 있지도 않은 자식의 앞날을 걱정할 필요는 없다는 거지.

그래, 맞아. 특히 내 운동 신경을 생각해보면 아무리 봐도 운동선수의 재능을 가진 아이를 낳을 것 같지는 않아. 하하.

그런데 나는 재능을 타고 났다면 야구선수로 한번 살아보고 싶기도 해. 단 한 번의 경기로, 그리고 단 한 번의 플레이로 평생의 팬을 만들 수 있다는 것도 참 근사하지 않아?

음, 듣고 보니 그렇기도 하네.

보스턴 레드삭스에는 페드로 마르티네스, 매니 라미레즈, 데이비드 오티즈 등 도미니카공화국 출신의 선수가 참 많은데 그 나라는 야구가 그렇게 인기가 많다고 해.

뉴욕 양키스의 알렉스 로드리게스도 미국에서 태어났지만 부모가 도미니카공화국 출신이지.

응. 도미니카공화국에서는 아기를 임신하게 되면 그렇게 아들을 바란다고 해. 야구를 시키려고 말이지. 그곳에서는 야구선수로 돈을 버는 게 최고로 성공한 삶이라는 인식이 있는 것 같아. 이런 나라도 있고 저런 나라도 있듯이 이런 사람도 있고 저런 사람도 있는 거지. 방금 이야기한 것처럼 인생에는 정답이 없는 것 같아.

그러게. 나는 맥주 한 캔 딸 건데 자기도 하나 갖다 줄까?

어, 좋지. 이왕이면 보스턴 레드삭스의 승리를 위해 붉은색 바탕의 맥주캔이 있으면 부탁해.

미안하지만 그런 건 없네. 흐흐.

그런데 자기는 어떻게 뉴욕 양키스의 팬이 되었어?

음, 내가 어렸을 때는 메이저리그나 뉴욕 양키스에 대한 정보를 얻는 것 자체가 어려웠거든.

그랬을 테지.

그때 스포츠뉴스의 끄트머리에 해외 스포츠의 단신이나 영상을 보면서 뉴욕 양키스라는 팀이 있었다는 걸 어렴풋이 알았던 것 같아.

가장 유명한 팀이니 당시에도 조금은 소개되었겠지.

어, 그랬던 것 같아. 그리고 가장 중요한 이유는 내가 어렸을 때부터 삼성 라이온즈의 팬인데 이 팀이 도통 한국시리즈를 우승하지 못해서 메이저리그는 가장 많이 우승했고 또 앞으로도 가장 많이 우승할 것 같은 팀을 응원하기로 정했어. 그게 뉴욕 양키스야.

그렇구나. 나는 이상하게 뉴욕 양키스가 별로더라.

왜?

모르겠어. 그냥 최강팀이라는 것에 알레르기가 있었나 봐. 가장 인기가 있다는 것에도 두드러기가 나고 말이야.

희한한 성격이네. 흐흐.

그리고 사실 보스턴 레드삭스도 싫어하는 편에 가까웠어.

그랬어? 그런데 어떻게 팬이 된 거야?

문학적으로 말하자면 무라카미 하루키의 단편소설인 『4월의 어느 맑은 아침에 100퍼센트의 여자를 만나는 것에 대하여』 같다고나 할까. 물론 4월의 어느 맑은 아침이 아니라 2003년 5월 30일이었지만 말이야.

무슨 뜻이야?

내가 김병현의 팬이었거든. 그래서 애리조나 다이아몬드백스의 팬이었다가 김병현이 보스턴 레드삭스로 트레이드된 날인 2003년 5월 30일을 기점으로 운명적인 팀을 만난 거야. 나에게는 100퍼센트의 팀인 거지.

아, 그런데 무라카미 하루키의 그 소설은 읽은 것 같기도 한데 기억이 안 나네. 어떤 내용이야?

소설인지 작가가 실제 겪었던 이야기인지 정확하지는 않은데 1981년 4월의 어느 아침에 하라주쿠의 뒷길에서 자신에게 100퍼센트 꼭 맞는 운명적인 여자를 지나쳤다는 내용이야. 그녀에게 말을 걸었어야 했다며 후회하면서 끝나는 아주 짧은 소설이지.

비슷한지는 모르겠지만 영화 〈은밀한 유혹〉에서 로버트 레드포드가 데미 무어에게 젊은 시절 뉴욕의 지하철에서 있었던 이야기를 해주는 장면이 생각나네. 지하철 안에서 정말 마음에 드는 여자를 보고는 말을 걸까 말까 고민하는 사이 그 여자는 지하철에서 내리고는 문이 닫히자 자신을 향해 천사 같은 미소를 지었다고 해. 로버트 레드포드는 몇 달 동안이나 같은 시간대에 그 지하철역을 서성이며 그녀를 찾았지만 결국 다시는 만나지 못했다면서 그 후로는 첫눈에 반한 여성을 만나면 절대 우물쭈물하지 않겠다는 각오를 밝히지.

데미 무어를 꼬시려고 지어낸 이야기 아냐?

흐흐, 여하튼 우리나라에는 김병현 덕분에 보스턴 레드삭스의 팬이 된 경우가 많을 것 같아. 그런데 김병현이 이번 포스트시즌에는 뛸 수 없어서 좀 아쉽겠다.

어, 많이 아쉬워. 2003년 포스트시즌 때 펜웨이파크에서 손가락 욕설을 한 것도 나는 팬이라서 그런지 그렇게 나쁘게는 안 보이더라.

그랬어? 나는 스포츠맨으로서 절대 그러면 안 된다는 주의거든.

역시 자기와 나는 성격이 많이 다르네. 나는 그 때문에 더 김병현이 좋아졌거든. 남들은 굳건히 지켜나가는 규정이나 불문율을 우습게 생각하는 게 특이하기도 하고 멋있는 것 같기도 해.

야구가 개인 종목이라면 그럴 수도 있는데 단체 경기에서 그런 성격의 선수는 여러 사람에게 피해를 주지 않을까? 일본 프로야구의 노무라 가쓰야 감독이 이런 비슷한 말을 했거든. 내가 정확히 외울 수는 없는데 대충 이런 뜻의 말이었어. '개성은 세상과 사람에게 이로울 때 비로소 가치 있는 개인의 특성으로 인정받는다.'라고. 어떻게 생각해?

일본의 집단주의적 사고를 보는 것 같아서 좀 께름칙하다.

그런 면도 없지 않아 있지만 나보다 우리를 먼저 생각하는 문화라고 볼 수도 있지. 뉴욕 양키스의 유니폼에 선수의 이름이 없는 것도 그런 이유야.

그래?

어, 자신의 이름보다 팀을 먼저 생각하라는 이유가 있대.

뉴욕 양키스는 두발도 단정해야 하고 수염도 못 기르고 21세기에 어울리지 않는 너무 답답한 구단 같기도 한데 말이지.

그런 면도 없지 않아 있지.

홈 유니폼도 줄무늬라서 감옥의 쇠창살 같기도 해.

흐흐. 그건 너무 나갔다. 그런데 유니폼에 있는 등번호를 가장 먼저 단 팀은 1929년의 클리블랜드 인디언스였대. 그전에도 몇몇 팀이 선수에게 등번호를 달게 하려고 시도했지만 선수들이 죄수 같아 보인다면서 거부했대. 감옥의 쇠창살 이야기가 나오니 갑자기 생각났네. 초기의 등번호는 타순에 따라 자동으로 할당되는 시스템이었지. 베이브 루스가 3번인 것도 뉴욕 양키스에서 3번타자라서 그런 거야. 루 게릭은 4번타자라서 4번이고.

아, 그랬던 거야? 요즘처럼 자기가 좋아하는 번호를 선택하는 게 아니었구나. 나는 보스턴 레드삭스가 자유로운 분위기의 팀이라서 좋아하거든.

그러고 보니 보스턴 레드삭스는 머리카락이 여자보다 더 긴 선수도 있고 수염도 장난이 아니네. 두 팀이 너무 대조된다.

그렇네. 우리처럼 정말 많이 다르네.

그런가. 나는 우리가 꽤 비슷하다고 생각했는데 말이야.

등번호 이야기가 나와서 그런데 알렉스 로드리게스는 텍사스 레인 저스에서 뛸 때 3번을 달았다가 뉴욕 양키스로 와서는 3번이 베이브 루스의 영구결번이니까 13번을 달았잖아?

그랬지.

13번을 단 이유라도 있어?

글쎄, 나도 잘 모르겠는데. 뉴욕 양키스의 경우 한 자릿수 등번호가 거의 영구결번이라 고르고 고른 게 13번이 아닐까 싶은데. 서양에서 는 13이 불길하다고 해서 등번호로 선택하는 선수가 적으니까 남은 등번호 중에 낙점한 게 아닐까?

'트리스카이데카포비아(triskaidekaphobia)'였나? 서양에서 13에 대해 유독 공포를 느끼는 것을 뜻하는 단어가 말이야.

도대체 그런 어려운 단어는 왜 알고 있는 건데? 나한테 써먹으려고 만나기 전에 과외라도 받고 오는 거야? 그러고 보니 유식한 척 뽐내려고 알렉스 로드리게스의 등번호 이야기를 끄집어낸 거 아냐?

하하, 그럼 잘난 척한 김에 하나만 더 할게. 방금 던진 올랜도 에르난데스의 커브볼을 보고 프레첼이라고도 한다네.

프, 뭐?

프레첼. 하트 모양이라고 해야 하나, 매듭 같은 모양의 과자 있지?

응.

타자 앞에서 갑자기 떨어지는 변화구를 보고 프레첼이라고도 해. 특히 커브볼을 그렇게 부른다나 봐.

덕분에 재밌는 걸 하나 또 알았네. 야구의 초창기 때 패스트볼만 있던 시기에 커브볼을 발명한 사람은 정말 혁신가였을 것 같아.

그러게. 데릭 로우도 오늘 싱커가 괜찮은데.

어, 아까 알렉스 로드리게스의 투런 홈런 이후에 뉴욕 양키스도 데릭 로우의 공을 잘 공략하지를 못하네.

그런데 싱커는 싱킹 패스트볼이라고 해서 패스트볼의 일종이잖아? 굳이 번역하자면 가라앉는 빠른 공이라고나 할까. 아무리 봐도 변화구 같은데 패스트볼이라고 하니 좀 이상하네.

패스트볼은 빠른 공인데 일본식 번역으로 직구라 하니 이상하게 꼬인 것 같아. 모든 공은 곧게 뻗어 나가는 게 아닌데 말이야. 그러니 정확한 번역으로 속구라 해야 하지 않을까?

그렇긴 한데, 뭔가 좀 그러네.

뭐가?

아주 오래전부터, 한화 이글스가 아닌 빙그레 이글스 시절부터 야구를 볼 때 하일성, 허구연 아저씨가 직구라고 표현하고 모든 사람이 직구라고 알고 있었는데 그게 일본식 번역이라고 고치자고 하는 것도 좀 마음에 안 들어.

그런가?

그렇게 따지면 베이스볼을 일본에서 야구란 단어로 번역했다고 올바른 번역이 아니니 바꾸자는 거랑 똑같은 거 아니야?

그러고 보니 19세기 말에 일본의 어느 시인이 미국의 베이스볼을 보고 들판에서 하는 운동이라며 야구라고 이름 붙였다는 글을 본 적이 있어. 어느 시인인지는 까먹었다.

내 말은 일본에서 수입된 한자어라도 한 세기 가까이 혹은 그 이상의 시간 동안 우리가 썼으면 그걸 다른 것으로 대체하기는 어렵다는 거야. 학술적인 전문 용어 중에 일본식 한자어가 얼마나 많은데 그 많은 걸 다 고치고 새로 만든다는 게 현실적이지도 않고 말이지. 직구도 정확한 용어는 아니지만 투수가 던지는 빠른 공이 직관적으로는 직선처럼 뻗어 나가서 포수의 미트에 꽂히는 것 같잖아.

어, 대충 무슨 말인지는 알 것 같아. 그런데 무분별한 일본식 한자어의 남용은 조심해야겠지. 이상으로 우리말을 아끼자는 오지랖 애국자의 발언이었어.

그런데 야구 용어가 우리 실생활에서도 곧잘 쓰이는 걸 보면 야구의 영향력이 엄청 큰 것 같아.

그게 무슨 말이야?

오늘 신문만 봐도 새로운 복지부 장관이 구원투수로 투입되었다고 헤드라인에 있더라고. 등장이라고 써야 할 순간에 마운드에 오른다는 등판이라고 쓰기도 하고 말이야.

맞아. 바둑 해설을 보다가 이 수는 변화구라는 표현을 접하고는 나도 비슷한 생각을 했어.

야구가 그만큼 오랫동안 많은 경기를 하면서 우리 실생활과 밀접하게 관련지어져서일 거야. 우리 둘 다 야구팬이지만 야구 없는 삶은 상상하기 어렵잖아.

그러게. 야구가 없다면 무슨 재미로 살까.

오, 5회말에 첫 타자 케빈 밀라가 볼넷으로 출루했어.

이런, 첫 타자 볼넷은 너무 안 좋은데.

응, 이상하게 첫 타자 안타보다 첫 타자 볼넷이 더 점수가 났었던 것 같아.

투수는 볼넷을 줄여야 해. 『머니볼』로 유명한 오클랜드 애슬레틱스의 빌리 빈 단장의 지론이 타자는 출루율을 높이고 투수는 볼넷을 줄여야 한다는 거야.

왜?

그만큼 타자 입장에서 봤을 때 볼넷으로 출루하는 건 이득이라는 뜻이겠지.

무슨 말인지는 알 것 같은데 투수 입장에서 볼넷을 줄이고 싶다고 줄일 수 있는 것도 아니라서 말이야. 극단적으로 볼넷을 내주기 싫다고 스트라이크 존에 욱여넣으면 홈런을 맞을 수도 있고.

그래, 하지만 5회말 이 상황에서 첫 타자 볼넷은 너무 안 좋다.

보스턴 레드삭스도 이번 기회를 꼭 살려야 해.

아니, 올랜도 에르난데스는 빌 뮬러를 땅볼로 잘 잡고 마크 벨혼한테 또 볼넷을 주면 어쩌자는 거야?

우리 편 입장에서 다행이긴 한데 지금 마크 벨혼의 컨디션이 너무 안 좋은데 볼넷은 좀 심했네.

내 말이! 주자를 모아서 어쩌자는 건지, 참!

오호, 올랜도 카브레라의 적시타로 드디어 1득점!

역시 불안하더니만 투 아웃에서 적시타를 맞아버리네.

매니 라미레즈를 상대로 또 볼넷이야.

아아, 진짜 투수를 바꿔야겠다. 조 토레 감독은 뭐 하고 있지?

그래도 노장인데 승리투수가 될 기회는 줘야지.

내 생각은 좀 달라. 이렇게 중요한 경기에서는 선발투수가 5이닝을 채워 승리투수의 기회를 주는 것보다 팀을 위해 바꿔야 할 때는 과감히 바꿔야 한다고 봐. 그게 감독의 역할이고.

음, 그렇구나. 조금 인정이 없어 보이긴 하네.

어느 감독이 그랬더라? '사람 좋으면 꼴찌'라고.

브루클린 다저스의 레오 듀로서 감독일 거야.

아아, 그놈의 볼넷 때문에 2사 만루에서 역전 적시타를 맞아버리네.

앗싸, 역시 데이비드 오티즈야! 필요할 때 해결사 역할을 해주는구나!

다행히 다음 타자인 제이슨 배리텍을 스트라이크 아웃으로 돌려세우고 길고 긴 5회말이 드디어 끝났네.

2 대 3이라. 아슬아슬하구먼.

그러게. 역시나 첫 타자 볼넷부터 불안했는데 한 이닝에 볼넷을 세 개나 허용하고 간단히 역전당해서 좀 그렇네.

응, 그런데 이렇게 공격이 길어질 때 포수인 제이슨 배리텍이 포수 장비를 어떻게 하고 있을까 궁금하더라.

그게 무슨 말이야?

포수는 보호 장비도 참 많잖아?

그렇지.

머리와 가슴을 보호하는 마스크와 프로텍터부터 무릎과 정강이를 보호하는 장비까지 말이야. 그런데 공격이 길어지면 대부분의 포수가 가슴을 보호하는 프로텍터는 떼고 무릎과 정강이를 보호하는 장비는 계속 착용하는 것 같거든. 그러다가 자신의 타순이 돌아올 때쯤 되면 하반신의 장비까지도 다 떼겠지.

어, 그렇지.

그런데 장비를 모두 떼놓고 대기 타석에 있다가 타자가 죽어서 공수교대되거나 더블플레이가 나와서 마음은 이미 타석으로 향했다가 다시 더그아웃으로 돌아가서 포수 장비를 착용해야 한다면 정말 짜증이 날 것 같거든.

응, 무슨 말인지 알 것 같아. 공수교대하면서 그 땀에 전 장비들을 얼마나 자주 입었다 벗었다 할까? 포수는 정말 인내심이 강해야 할 것 같아.

그러게, 섬세한 투수들의 변덕까지도 다 받아줘야 하고 말이지. 투수와 포수를 함께 묶어서 배터리라고 하는데 하일성, 허구연 아저씨는 둘 사이를 부부라고도 곧잘 표현하잖아?

그게 하일성, 허구연 해설위원이 처음 그랬는지는 모르겠지만 투수와 포수를 부부 사이라고 표현하곤 하지. 아마도 변덕이 심한 투수가 여자고 인내심 강한 포수가 남자일 거야.

흥, 나는 반대로 생각했는데. 포수를 안방마님이라고 하는 것 몰라?

흐흐. 재일 한국인으로 일본 프로야구에서 3000안타를 기록한 장훈이 그랬어. '타격은 여자 마음과 같다. 오늘은 잘 맞다가 내일은 맞지 않는다.'라고.

아, 역전해서 기분이 좋았다가 마쓰이 히데키한테 바로 3루타를 얻어맞네.

이야, 진짜 잘 친다. 이대로 경기가 끝나면 ALCS MVP는 투표할 필요도 없이 바로 마쓰이 히데키가 탈 것 같아.

선발투수 데릭 로우를 강판시키네. 수고하긴 했는데 2 대 3인 점수

차에 1사 3루라서 위태위태한 기분이겠다. 과연 구원 등판한 마이크 팀린이 잘 막아줄 것인지 걱정되네.

데릭 로우는 데이브 윌리스 투수코치랑 악수도 거부하네. 저건 좀 문제가 있는 것 같아. 오늘만 던지고 야구 그만할 것도 아니고 교체돼서 기분이 나쁘더라도 악수는 해야지. 속이 좀 좁아 보인다.

팀 분위기를 생각할 때 아쉽긴 해. 3연패 중이라 가뜩이나 침울한데 선발투수가 더그아웃에서 구원 등판한 투수에게 응원의 박수를 치면서 분위기를 살려야 하는데 말이야. 선발투수가 위기 상황을 초래하고 강판당한 후 더그아웃에서 혼자 수건을 뒤집어쓰고 있는 것만큼 꼴불견도 없는데.

자기를 생각하니 내가 환호작약할 정도로 좋아할 분위기는 아니지만 버니 윌리엄스의 적시타로 동점이 되고 와일드피치와 볼넷에 난리도 아니네. 지금 보스턴 레드삭스의 분위기가 너무 어수선해.

그러네. 내야 수비가 엄청 불안해 보여. 아니나 다를까 토니 클락의 방금 타구는 2루수 마크 벨혼이 제대로 처리하지 못하는 사이 역전까지 당해버리네. 마크 벨혼은 공격이 안 되니까 수비도 얼어버린 것 같아. 이야, 이 점수는 진짜 크다. 2 대 3으로 역전했다가 바로 4 대 3으로 역전당하네. 분위기도 최악인 것 같아.

9번타자인 미겔 카이로를 볼넷으로 출루시키다니. 2사 만루에서 데릭 지터야! 여기가 오늘 경기 승부의 분수령이 아닐까 싶어. 여기서 적시타가 터지면 경기와 시리즈는 이대로 끝일 것 같아.

어, 나도 그렇게 생각해. 제발 막아줘!

조마조마하네.

아, 다행히 2루 땅볼로 길고 긴 6회초가 끝났네.

어, 보스턴 레드삭스 입장에서는 정말 다행이었어. 뉴욕 양키스는 상대의 숨통을 끊어놓아야 할 때 그걸 못해서 이후에 경기가 어떻게 전개될지 조금 불안해졌네. 그런 의미에서 야구는 참 잔인한 경기란 느낌도 들어.

무슨 말이야?

투 아웃을 2사라고도 하잖아?

어, 그렇지.

죽을 '사' 자를 경기 중에 아무렇게나 붙이는 것도 불길한데 야구란 정말 흐름과 분위기의 경기거든.

흐름과 분위기?

어, 아슬아슬한 위기를 잘 넘기면 기회가 찾아오고 그 좋은 기회를 무산시키면 바로 위기가 찾아오잖아?

대부분 그렇지.

그러니 상대를 완전히 죽이지 못하면 자기가 그 상대의 손에 죽는 느낌이 들어. 잔인하게도 말이야.

듣고 보니 그런 느낌도 드네. 프리드리히 니체가 그랬나? '나를 죽이지 못하는 것은 나를 더 강하게 만든다.'라고. 반대로 말하면 나보다 강해지기 전에 상대를 완전히 죽여버려야 하는 거군!

그런데 지금 돌이켜보니 프리드리히 니체의 그 말은 만화 〈드래곤볼〉에 나오는 손오공과 사이어인들의 특성 같기도 하네. 어쨌든 6회초 2사 만루에서 뉴욕 양키스의 상징이라고 할 수 있는 데릭 지터가 보스턴 레드삭스를 완전히 죽이지는 못했기 때문에 앞으로의 경기나 시리즈가 어떻게 될지 모르겠어. 책에서 읽은 게 아니라 인터넷에 떠돌아다니는 글로 본 거라 정확한 건지 모르겠는데 위기를 뜻하는 영어 크리시스(crisis)는 그리스어로 결정한다는 뜻인 크리네인(krinein)에서 유래했다고 해. 프리드리히 니체의 언어인 독일어로 판단의 기준을 크리테리움(Kriterium)이라고 하는데 아마도 그리스어에서 독일어로, 또 독일어에서 영어로 유래한 게 아닐까 싶어. 어쨌든 뭘 결정하냐고 하면 환자가 회복할 것이냐 죽을 것이냐 그 분기점을 결정한다는 의학용어래. 즉 위기란 위험과 기회, 그리고 삶과 죽음 어느 쪽으로도 굴러갈 수 있다는 게 아닐까. 재밌게도 독일어 크리테리움(Kriterium)은 판단의 기준을 뜻해서 선수를 선발하는 스포츠 경기에도 쓰여.

〈드래곤볼〉 이야기가 나와서 그런데 사이어인은 원래 사이야인으로 써야 해. 일본어로 야채를 뜻하는 야사이를 작가가 사이야로 약간 바꾼 거거든. 베지터는 채소, 카카로트는 당근, 라데츠는 무, 버독은 우엉 등 사이야인들은 모두 이름에 야채를 담고 있지.

그래? 그건 처음 알았네.

그래도 뉴욕 양키스는 제국의 수호신인 마리아노 리베라가 항상 9회를 책임져왔으니 6회초에 한 점차라도 역전한 건 엄청나게 크게 느껴져.

어, 제국의 수호신이라고 하니 뭔가 멋지다! 뉴욕 양키스를 두고 악의 제국이라고 처음 말한 게 보스턴 레드삭스의 래리 루치노 사장이잖아.

맞아. 쿠바 출신 투수인 호세 콘트레라스를 뉴욕 양키스에게 뺏기고 악의 제국이라고 했잖아.

그런데 돈을 더 주겠다는 것도 아니고 본인이 뉴욕 양키스가 좋아서

굳이 오겠다는데 악의 제국은 또 뭐람?

뭐, 자기도 좋아하는 별명 아니었어?

밋밋하게 특색이 없는 구단보다는 좋긴 한데.

미국은 야구만큼이나 〈스타워즈〉의 나라이기도 해. 뉴욕 양키스를 두고 악의 제국이란 것도 〈스타워즈〉에서 따온 것 같은데 말이지.

나도 그런 것 같아. 조지 스타인브레너 구단주를 두고 팰퍼틴 황제라고 칭하는 것도 재미로 봐야겠지.

그래서 현지의 보스턴 레드삭스 팬들은 스스로를 악의 제국에 대항하는 레드삭스 네이션이라고 하잖아.

허허, 결국 보스턴 레드삭스가 주인공이야? 힐(heel)이란 단어에 발뒤꿈치란 뜻이 가장 먼저 나오지만 비열한 사람이라는 데서 악역을 맡은 스타 선수란 뜻도 있거든. 보스턴 레드삭스에게는 데릭 지터나 알렉스 로드리게스가 그야말로 힐(heel)이겠는데.

어, 그 둘은 높은 하이힐로 콱 찍어버리고 싶은 심정이야.

흐흐. 커피 마실래?

그래, 커피 한 모금 마시면서 좀 진정해야 할 것 같아.

마시던 대로 타오면 되지?

응, 고마워.

그런데 메이저리그에는 '컵 오브 커피(cup of coffee)'라는 유명한
문구가 있잖아?

커피 한잔 마실 정도로 짧은 시간 동안만 메이저리그에 불려 올라온
선수란 뜻이지, 아마?

어, 맞아. 그런 선수가 엄청 많다고 하더라고. 어릴 때부터 평생의 꿈
이 메이저리그의 그라운드에서 야구를 하는 것일 텐데 그 짧은 시간
동안만 있었다고 한다면 아마도 제대로 뛰지도 못했겠지. 한두 경기

의 한두 타석 혹은 짧은 등판만 있었다면 참 서글픈 일인 것 같아. 그렇지 않아?

그렇지. 그렇기 때문에 야구가 참 잔인한 것 같기도 해. 그런데 야구뿐이겠어? 인생에 빗대봐도 빛나는 메이저리거는 극소수의 사람만 차지할 뿐이고 대부분의 사람은 마이너리거로 살아가는데 자기도 인식하지 못할 정도로 짧은 기회만 부여받았다가 그걸 놓치고는 다시 자신의 자리로 돌아가는 게 아닐까? 나중에 돌이켜봤을 때 커피 한잔 마실 정도의 시간 동안 내게도 기회가 있었구나 싶겠지.

그렇게 생각하니 조금 서글퍼지네.

이러니저러니 해도 현재를 즐길 수밖에 없어. 커피 한잔조차 못 마셨던 마이너리거도 수두룩하다고.

6회말에 드디어 선발투수 올랜도 에르난데스를 대신해 태넌 스터츠가 올라왔네. 어이구, 보스턴 레드삭스가 이대로 점수를 못 내고 지면 올랜도 에르난데스가 승리투수가 되겠어. 아무리 욕해도 승운이 있는 투수는 막을 수가 없지.

태넌 스터츠도 공이 좋은데. 올랜도 에르난데스의 유혹하는 느린 공을 보다가 봐서 그런지 패스트볼이 정말 빨라 보여.

그러네.

공이 너무 빠르면 타자 입장에서는 조그만 알약같이 보인다고 해서 필(pill)이라고도 부른다고 하더라.

맞아. 그 단어 자체가 라틴어로 작은 공에서 유래하기도 했고. 마찬가지로 강속구를 미국 속어로 아스피린(aspirin)이라고도 해. 상대 타자들의 뜨거운 방망이를 해열시킨다는 의미일지도 모르겠네.

정말? 그건 처음 알았네.

태넌 스터츠가 케빈 밀라에게 안타를 허용했지만 다음 타자인 빌 뮬러를 상대로 더블플레이를 이끌어서 간단하게 6회말도 끝났네.

어, 잘 모르는 투수지만 정말 좋은 공을 던지는 것 같아. 보스턴 레드삭스를 응원하는 나로서는 아스피린이나 알약이라도 먹어야겠지만 말이야.

농담이지?

당연히 농담이지.

그런데 약 이야기가 나와서 하는 말이지만 야구판에 스테로이드 같은 불법 약물이 암암리에 성행하는 것 같아.

음, 마크 맥과이어와 새미 소사의 역사적인 홈런 레이스부터 그런 의심이 들기 시작했다가 배리 본즈의 한 시즌 73개라는 괴물 같은 홈런 기록이 약물 의혹에 난 불을 완전히 부채질한 것 같아. 자기는 약물 문제에 대해 어떻게 생각해?

나는 사실 약물에 관대한 편이야. 그 약물이 건강을 해치지만 않는다면 야구를 더 재밌게 만들어주는 게 아닐까도 싶어.

그런데 문제는 스테로이드 자체가 건강을 해치잖아.

음, 그렇긴 한데. 미래에 과학의 발전으로 건강에 좋으면서 경기력도 향상케 하는 약물이 개발된다고 치면 말이지. 그때도 약물 복용을 막아야 하는지는 잘 모르겠어.

공정의 문제 아니야? 기록의 경기에서 누구는 약물로 홈런 수를 늘리고, 누구는 그렇지 못하다면 불공정한 것 아니야? 그렇게 되면 누가 스포츠를 보겠어?

그래, 자기 말이 맞아. 그런데 나는 근원적인 불안감이 있어. 내가 좋아하는 알렉스 로드리게스가 왠지 불법 약물에 손을 댔을 것 같거든.

그렇게 의심하는 이유라도 있어?

글쎄, 딱히 그런 건 없는데. 끝도 없는 승리에 대한 열망과 가장 높은 자리에 오르고자 하는 그의 야망이 왠지 불안하다고나 할까. 알렉스 로드리게스가 텍사스 레인저스에서 뛸 때 오클랜드 애슬레틱스와의 경기에서 포수의 위치를 슬쩍슬쩍 훔쳐본다는 소문이 있었어. 그때 나는 최고의 선수가 승리를 위해 조그만 반칙을 아무렇지 않게 한다면 약물 같은 큰 반칙도 하지 않을까 하고 걱정이 되더라. 혹시 알아?

자기가 응원하는 매니 라미레즈와 데이비드 오티즈도 그러한 유혹에 넘어갔을지?

절대 아닐 거야. 세 선수 모두 타고난 근육과 자신들이 흘린 땀으로 홈런을 펑펑 치는 것일 테니 걱정은 붙들어 매. 그런데 자기의 우려처럼 알렉스 로드리게스의 최고를 향한 열망을 지켜보고 있노라면 이탈리아어 카티베리아(cattiveria)가 떠올라. 간악 혹은 악의라는 뜻이지만 축구에서 쓰일 때는 그렇게 단순하지 않대. 『로마인 이야기』로 유명한 시오노 나나미는 그냥 좋은 축구선수를 이탈리아어로 '본 조카토레'라고 하고 그 단계를 뛰어넘는 일류선수를 '포리클라세'라고 구분하는데 둘의 차이는 카티베리아의 유무라고 했어. 골이라는 이기적인 탐욕을 가져야만 일류선수가 된다나.

무슨 의미인지 대충 알 것 같아.

그나저나 약물 이야기를 하니 장 미셸 바스키아의 그림 〈죽음을 타고〉가 생각나네.

어떤 그림인데?

흔한 낙서 같은 그림이긴 한데. 장 미셸 바스키아는 그 그림을 마지막으로 남기고 죽었거든. 스물일곱 살이라는 젊디젊은 나이에 마약 과다 복용으로. 너무 어린 나이의 성공이 오히려 독이 된 경우 같아.

여하튼 7회초 1사 1루 상황에서 보스턴 레드삭스의 테리 프랑코나 감독이 마운드를 방문하는데. 누가 등판하지?

글쎄.

오호, 키스 폴크면 마무리투수인데 벌써 등판이야? 더구나 지고 있는 상황에서 마무리투수를 등판시킨다고?

여기서 한 점이라도 주면 경기는 물론 시리즈가 그대로 끝이라서 어쩔 수가 없을 거야. 나는 당연한 선택이라고 생각해. 그리고 마무리투수가 꼭 세이브 상황에서만 등판하라는 법이라도 있어?

그런 법은 없지. 그래도 뉴욕 양키스는 마무리투수 마리아노 리베라를 9회에 쓰기 위해 아껴두고 있는데 보스턴 레드삭스는 7회초에 벌써 등판시키다니 좀 무리수인 것 같기도 한데.

야구이론가 빌 제임스의 설명대로라면 가장 강력한 구원투수는 세이브 상황에서 쓰지 말고 가장 다급한 위기 상황에서 쓰라고 했어.

가장 다급한 위기 상황이 어떤 상황인데?

9회에 3점을 앞서고 있는 아주 쉬운 세이브 상황에서 클로저를 등판시키지 말고 8회에 동점이나 1점차로 이기고 있을 때 상대팀 클린업 트리오가 차례로 타석에 나온다면 그때 쓰라는 말이지.

혁신적인 이론이긴 한데?

그러니 7회초 1사 1루에서 현재 가장 무서운 타자인 마쓰이 히데키 타석 때 마무리투수인 키스 폴크를 등판시키는 거지.

듣고 보니 이해가 가네. 더구나 지금의 1점차에서 2점차로 벌어지는 순간 경기나 시리즈가 거의 끝났다고 봐도 무방하니까 키스 폴크가 나오는 게 맞는 것 같아. 여기서 한두 점 더 주면 흐름이 완전히 넘어갈 텐데 그 후에 키스 폴크를 등판시키는 것도 우스워지고 말이야.

그래, 어쨌든 키스 폴크가 마쓰이 히데키를 1루 땅볼로 잡고 버니 윌리엄스를 스트라이크 아웃시키면서 겨우 위기에서 벗어났네. 이제 한 점이라도 득점해야 할 텐데. 정말 걱정이다.

야구란 건 참 오묘한 게 스트라이크 아웃이라고 생각하고 안도하는 찰나에 포수가 공을 뒤로 빠뜨려 스트라이크 아웃 낫 아웃으로 출루하기도 하잖아? 그러니 1점 정도는 아무것도 아니지.

나는 스트라이크 아웃 낫 아웃이 좀 헷갈리더라. 그게 정확히 어떤 상황인 거야?

이게 참 재밌어.

뭐가 재밌어?

재밌다고 한 이유는 스트라이크 아웃에서 스트라이크 아웃 낫 아웃이 나온 게 아니라 스트라이크 아웃 낫 아웃에서 스트라이크 아웃이 나왔다는 사실이야.

그게 무슨 말이야? 닭이 먼저냐 알이 먼저냐, 뭐 이런 농담이야?

아니. 스트라이크 아웃은 명료하잖아? 스트라이크 존을 통과한 공을 타자가 멀뚱히 지켜보든 볼이라도 헛스윙을 하든 포수의 미트에 꽂히면 되잖아?

그렇지.

스트라이크 아웃 낫 아웃은 포수가 스트라이크 아웃되는 공을 제대로 잡지 못할 때 일어나거든.

어. 그런데 어떤 때는 스트라이크 아웃 낫 아웃이고 어떤 때는 아니고, 경우에 따라 다르더라.

그래. 무사나 1사에 주자가 1루에 있으면 포수가 스트라이크 아웃되는 공을 제대로 못 잡아도 타자는 자동으로 아웃이야.

그건 왜?

그런 상황에서 스트라이크 아웃 낫 아웃을 적용해 준다면 포수가 일부러 가까운 곳에 공을 흘리고 1루주자와 타자를 동시에 아웃시키는 더블플레이를 할 수도 있잖아. 인필드플라이처럼 그런 꼼수를 못 하게 하는 거지.

아하, 그래서 2사 때는 주자가 1루에 있어도 스트라이크 아웃 낫 아웃 상황이니 모두 뛰는 거구나. 그런데 아까 뭐가 먼저니 뭐가 나중이니 하는 말은 왜 한 거야?

아, 그게 진짜 재밌는 거야. 사실 우리가 아는 스트라이크 아웃이란 건 원래 없었대.

뭐? 삼진 아웃이 없었다고?

응. 1845년에 알렉산더 카트라이트의 주도로 만들어진 뉴욕 니커보커스라는 최초의 야구팀은 명문화된 최초의 야구 규칙도 제정했는데 그것이 바로 니커보커스 야구 규칙이야. 니커보커스 야구 규칙에 따르면 포수가 있던 지점은 홈플레이트를 기준으로 현재보다 훨씬 뒤였대. 거의 대부분의 투구는 원 바운드 이상 땅에 떨어졌던 공을 잡게 된다는 거야. 즉 세 번째 스트라이크를 포수가 바로 잡는 현재의 보편적인 스트라이크 아웃은 존재하지도 않았고 대부분이 스트라이크 아웃 낫 아웃이었어. 그리고 타자가 세 번째 스트라이크를 치지 않으면 자동으로 페어 지역에 공을 친 거로 간주했어. 그러니 타자는 무조건 1루로 달려야만 했고 현재의 스트라이크 아웃 낫 아웃의 원형이 갖춰졌지. 그런데 어느 똑똑한 포수가 가만히 생각해보니 조금 더 타자 쪽으로 접근하면 스트라이크 아웃 낫 아웃 상태에서 1루로 달리는 타자를 아웃시키기가 훨씬 쉽다는 걸 깨닫게 되지 않았겠어? 또한 포수의 보호 장비인 마스크와 프로텍터의 질도 나날이 발전되자 포수의 위치는 점점 타자와 가까워졌고 원 바운드되기 전에 투구를 직접 잡게 되었지. 그렇게 되자 포수는 공을 1루로 던지기보다 타자를 직접 태그 아웃하게 되었고 효율적인 면에서 태그조차도 필요 없는 스트라이크 아웃 규칙이 탄생하게 된 거야. 우리는 흔히 스트라이크 아웃의 예외적인 규칙으로 스트라이크 아웃 낫 아웃을 생각하지만 실제로는 스트라이크 아웃 낫 아웃에서 스트라이크 아웃이 파생된 거지. 어때, 재밌지?

이야, 진짜 신기하다. 세 번째 스트라이크인 공을 치지 않아도 자동으로 페어 지역에 친 거로 간주했다고? 자기 말을 듣다 보니 정말로 스트라이크 아웃의 돌연변이가 스트라이크 아웃 낫 아웃이 아니라 스트라이크 아웃 낫 아웃의 돌연변이가 스트라이크 아웃이네. 이제야 닭이 먼저인지 알이 먼저인지 알겠네. 그런데 이 이야기를 들으니 가장 먼저 타자 쪽으로 용기 있게 다가선 포수야말로 혁신가였을 것 같아. 규칙을 맹신하는 것보다 이렇게 해보면 더 잘되지 않을까 하고 실험하는 자세가 정말 멋져. 농구의 역사에서도 비슷한 경우가 있는데 그 운동이 처음 만들어졌을 때는 높은 곳에 과일 바구니를 걸어 놓고 거기에 공을 넣는 것으로 시작되었대. 그래서 이름 자체가 바스켓볼인 거지. 그런데 바구니를 보면 알겠지만 밑이 막혀 있잖아? 그래서 골을 넣을 때마다 사다리를 타고 공을 꺼내느라고 경기가 잠깐씩 중단되었다나. 그런데 누군가 이런 혁신적인 생각을 한 거지. 바구니 밑이 뚫려 있으면 그런 수고를 안 해도 되겠구나 하고 말이야. 지금 생각하면 아무것도 아니지만 틀을 깨는 생각을 처음 한다는 자체는 이렇게 어려운 게 아닐까? 사실인지 과장인지 모르겠지만 크리스토퍼 콜럼버스의 달걀도 그런 교훈을 우리에게 주는 거겠지.

그렇네. 덧붙여서 옛날 야구 규칙을 읽어보면 뒤로 넘어갈 만한 내용이 엄청 많더라. 볼을 네 개 던지면 볼넷이 되어 타자가 자동으로 1루로 출루하는 규칙이 제대로 정착하는 과정을 보자면 거의 대서사

시더라고. 초창기 야구에서 스트라이크 아웃이란 규칙이 생기기 전에는 투 스트라이크가 된 타자가 다음에 들어온 좋은 공을 치지 않으면 심판이 '좋은 공(good ball)'이라고 선언하고 경고를 했다는 부분을 읽으면서는 내 눈을 의심했다니까.

진짜 놀랍네. '좋은 공'은 또 뭐람. 흐흐.

그런데 축구와 야구는 정말 다르지 않아?

어, 당연히 많이 다르지.

같은 단어도 다른 뜻으로 쓰이는데 축구에서 해트트릭은 한 경기에 한 선수가 세 골이나 넣은 것이니 좋은 뜻이잖아? 그런데 야구에서는 한 경기에서 스트라이크 아웃을 세 번이나 당한 타자를 조롱하는 의미로 쓰이더라고.

완전히 반대네.

더구나 해트트릭에서 모자라는 뜻의 해트가 들어가서 그런지 한 경기에서 네 번이나 스트라이크 아웃을 당한 타자는 멕시코 전통 모자인 골든솜브레로라고 부르면서 조롱한다고 해.

축구는 미국을 제외한 전 세계가 열광하고 반면에 야구는 아메리카 대륙과 우리나라와 일본 등 몇몇 나라만 하는 느낌이야. 아마도 둘은 많은 면에서 차이가 크겠지. 남자와 여자처럼 말이야.

화성과 금성처럼? 흐흐.

웃고 떠드는 사이에 아무 소득 없이 8회말까지 와버렸네. 정말 큰일이다, 큰일이야.

보스턴 레드삭스의 홈인 펜웨이파크에서는 8회말이 시작되기 전에, 즉 홈팀의 8회말 공격이 시작되기 전에 닐 다이아몬드의 〈스윗 캐롤라인〉이란 곡을 부른다고 하대.

어, 맞아. 경쾌한 노래지. 3만 7천여 명의 군중이 같은 노래를 목청껏 부르면 엄청날 거야. 그거 알아? 그 노래가 존 F. 케네디 대통령의 딸인 캐롤라인을 모델로 만들어졌다는 거 말이야.

들어본 것 같아. 케네디 가문이 보스턴을 거점으로 정치를 했잖아. 지금도 보스턴이 속한 매사추세츠주와 그걸 아우르는 뉴잉글랜드 지역은 케네디 가문의 영향력이 엄청날 거야. 존 F. 케네디 대통령의 동생인 에드워드 케네디가 매사추세츠주에서 상원의원일 거야, 아마도.

정치는 사실 관심이 적어서 잘 모르겠어. 그런데 캐롤라인 케네디의 입장에서 자기를 모델로 한 노래가 있고 그걸 많은 사람이 부르고 있다면 정말 짜릿할 것 같아. 싱어송라이터인 닐 다이아몬드가 그 노래로 캐롤라인 케네디에게 구애했지만 사랑은 이루어지지 못하고 명곡만 남긴 했지만 말이야.

현대 사회에서 신분 차이라고 표현하긴 그렇지만 그 이야기를 들으니 볼프강 아마데우스 모차르트가 어린 시절에 합스부르크 제국의 공주였던 마리 앙투아네트에게 구혼한 일화가 생각나네.

나는 도리어 프랑스 작곡가 엑토르 베를리오즈가 떠올라. 그는 영국 출신의 여배우 해리엇 스미드슨에게 한눈에 반해 그녀를 짝사랑했지만 유명 여배우는 신인 작곡가의 구애를 받아주지 않았대. 상심한 엑토르 베를리오즈는 자전적인 이야기를 음악으로 표현했는데 그게 바로 그 유명한 〈환상교향곡〉이었지. 이룰 수 없는 짝사랑을 하는 남자가 스스로 목숨을 끊기 위해 약을 먹지만 죽음에 이르지 못한 채 꿈과 환상을 오간다는 내용이야.

오호, 흥미로운 곡이겠는데. 그리고 뒷이야기가 더 있을 것 같은데?

그래. 남자의 출세는 최고의 매력인지라 〈환상교향곡〉의 성공과 사연의 주인공이 자신이란 걸 알게 된 해리엇 스미드슨이 엑토르 베를리오즈의 구애를 몇 년이 지난 후에 마침내 허락했대. 둘은 결혼해 아들까지 낳았지.

와, 해피엔딩이네!

하지만 급하게 끓어오른 사랑은 급하게 식는 것인지 결국 둘은 파경으로 마무리되었어. 그러나 당대의 유명한 음악가 프란츠 리스트는 〈환상교향곡〉을 칭송하며 엑토르 베를리오즈에게 이렇게 말했다고 해. '그녀는 당신에게 영감을 주었소! 당신은 그녀를 노래했으니 그녀의 과업은 완수된 것이오!'라고 말이야. 〈스윗 캐롤라인〉을 만들고 부른 닐 다이아몬드에게도 같은 말을 해주고 싶어.

아, 이제라도 작곡을 좀 배워야 하나? 흐흐.

아서라!

이야, 잠깐만! 8회말인데 벌써 제국의 수호신 마리아노 리베라가 마운드로 뛰어오고 있잖아!

그러네. 뉴욕 양키스의 조 토레 감독도 8회말이 승부처라고 본 모양이야. 매니 라미레즈와 데이비드 오티즈부터 시작되는 타순이라 내심 기대하고 있었는데 말이야. 정말 철두철미한 조 토레 감독이네.

마리아노 리베라가 얼마 전 ALCS 1차전 때 경기가 시작되고 좀 늦게 양키스타디움에 도착했잖아?

어, 그랬지. 무슨 일이 있었어?

마리아노 리베라는 파나마가 고국인데 거기에 있는 자기 집의 수영장에서 친척 두 명이 감전 사고로 죽어서 장례식에 참석하느라 늦게 도착했대.

아이고, 저런.

ALCS 1차전과 2차전 때 던지는 걸 보니 평소와 다름없어서 크게 걱정은 안 되지만 정신적으로나 육체적으로 좀 힘겨워할 것 같아. 자기 집에서 사고사로 사이가 가까운 둘이나 죽었으니까.

그렇겠지. 그런데 마리아노 리베라는 정말 사람이 아닌 것처럼 던져. 뭐랄까? 피도 눈물도 없는 기계 같은 느낌?

방금 말했다시피 마리아노 리베라는 파나마 출신이잖아? 거기서 가난한 어부의 아들이었대. 어렸을 때 아버지의 일을 도우러 배를 탔다가 큰 파도를 만나 배가 뒤집히고 몇 시간이나 바다에 떠다녔던 경험이 있었다고 해. 그러니 무사 만루에서 보스턴 레드삭스의 매니 라미레즈나 데이비드 오티즈를 만나도 자기는 망망대해에서 살아남았는데 겨우 이런 상황을 위기라고 생각하지 않는다면서 그저 자기 공을 던진다는 인터뷰를 읽은 적이 있어.

그 무시무시한 커터 말이지?

어, 마리아노 리베라의 불멸의 마구 컷패스트볼! 그 커터의 움직임
은 보스턴 레드삭스로 이적한 전 동료인 라미로 멘도사와 캐치볼 훈
련을 하던 중에 우연히 발견하게 되었다고 하더라.

마리아노 리베라 이야기를 들으니까 어니스트 헤밍웨이의 소설『노
인과 바다』가 떠오르네. 거기서 주인공 산티아고 노인도 뉴욕 양키
스와 조 디마지오의 열렬한 팬이거든.

그래, 나도 예전에 읽었어.

산티아고 노인이 조 디마지오를 좋아하는 이유도 그가 어부의 아들
이어서 그랬다고 해. 자신과 같은 바다 냄새를 맡은 걸까?

바다 냄새는 뭐람? 참고로 나는 회사원의 아들이라서 바다 냄새는
잘 모르겠다. 흐흐.

역시 마리아노 리베라네. 첫 타자 매니 라미레즈에게 안타를 허용했

지만 다음 세 타자를 가볍게 돌려세우네. 점점 희망이 줄어든다.

보스턴 레드삭스는 3연패 중인데 설사 이 경기에서 이긴다 해도 어렵지 않겠어? 1승 3패에서 3연승 해서 시리즈를 역전한 팀은 많아도 3연패 후 4연승은 한 번도 없었다고.

아니, 이 사람이! 그래도 라이벌 뉴욕 양키스에게 4연패 당하는 건 다른 차원의 문제이지 않겠어? 더구나 우리 홈에서 뉴욕 양키스 선수들이 월드시리즈로 진출한다면서 환호작약하는 건 도저히 못 봐주지.

그건 입장을 바꿔서 생각해보면 나도 봐주기가 힘들겠다. 사과할게. 그런데 9회말 한 번만 기회가 남아서 보스턴 레드삭스로서는 정말 어려워졌네. 더구나 사상 최고의 마무리투수인 마리아노 리베라가 마운드에 버티고 있으니 말이야.

끝날 때까지 끝난 것은 아니듯이 영화 〈쇼생크 탈출〉에서 주인공 앤디 듀프레인이 그러잖아. 희망은 좋은 것이라고. 가장 소중한 것이라고. 좋은 것은 절대 사라지지 않는다고 말이야. 보스턴 레드삭스의 팬이라면 경기가 끝나기 전까지 그 희망을 절대 포기하지 않을 거야. 아니, 만약에 오늘 진다고 해도 끝은 아니야. 내일은 내일의 해가 뜨고 내년의 야구 시즌도 기다리면 언젠가는 시작되니까.

어, 멋진 말이네. 그 영화의 원작 소설이 스티븐 킹의 『리타 헤이워드와 쇼생크 탈출』이잖아. 스티븐 킹이라면 유명한 보스턴 레드삭스의 팬이고 말이야. 86년 동안 월드시리즈 우승을 못 하는 밤비노의 저주에 시달리지만 그 팬들은 다 멋진 것 같아. 자기도 포함해서 말이야.

고맙긴 한데 오늘 경기에서 진다면 크게 위로가 되지는 않을 것 같네. 패하는 순간 바로 시즌 끝이라서 말이지. 클리블랜드 인디언스와 시카고 화이트삭스 등의 구단주였던 빌 비크가 이런 말을 했어. '계절은 단 두 가지, 겨울과 야구다.'라고. 보스턴 레드삭스의 팬인 나에게는 이 경기를 지는 순간 바로 겨울인 거지.

자, 이제 드디어 9회말 보스턴 레드삭스의 마지막 공격이네. 어, 그런데 첫 타자 케빈 밀라에게 많이 빠지는 공으로 볼넷을 주잖아. 아까 말했다시피 첫 타자 볼넷은 안타보다 더 결과가 안 좋던데 걱정이야.

어, 케빈 밀라를 정말 칭찬하고 싶네. 큰 스윙으로 단번에 동점을 만들고 싶은 욕구가 있을 텐데 침착하게 볼을 잘 골라서 출루하는 게 참 좋아 보여. 야구는 유기적인 흐름으로 기회를 잡아나가는 경기라고 보거든. 아아, 대주자로 데이브 로버츠가 나오네. 이럴 때 쓰려고 지난 트레이드 마감일에 노마 가르시아파라를 시카고 컵스로 보내고 데려온 선수들 중 하나야.

그러고 보니 노마 가르시아파라가 없다는 게 참 아이러니하다. 보스턴 레드삭스의 심장이라고 그렇게 칭송받았는데 말이야.

어쩌면 그 심장이 밤비노의 저주를 깨지 못하는 장애물이었는지도 모르지. 나도 많이 아쉽긴 하지만 수비가 중요한 유격수 자리에서 실책이 너무 많았거든. 그렇다고 다른 포지션으로 보낼 수도 없고 말이야.

그나저나 데이브 로버츠가 도루를 하려는 것 같은데? 마리아노 리베라가 견제도 엄청나게 하고. 지금 분위기가 장난이 아니다.

달려! 이야, 심장이 쫄깃하다 못해 순간적으로 멈췄다가 다시 뛰는 것 같네. 그 상황에서 도루를 성공시키다니!

정말 대단하다! 투수와 포수는 물론 이 경기를 지켜보는 모든 사람이 도루를 시도한다는 걸 알고 있는데도 그 상황에서 도루를 성공시키네.

그러게.

아, 빌 뮬러가 여기서 바로 치네. 데이브 로버츠의 주력이라면?

동점! 진짜 짜릿하다. 내친김에 끝내기 역전승까지 가자!

역시 마리아노 리베라가 8회말부터 등판한 게 독이 되었나? 9회말 첫 타자에게 볼넷을 줄 때부터 불안하더니만 동점을 허용하고 아직도 무사 1루네. 끝내기 패배를 당할 수도 있겠어.

노마 가르시아파라 트레이드 때 우리 팀에 온 덕 민케비치가 대타자로 들어섰어. 바로 번트를 대네. 1점을 쥐어짜려면 괜찮은 작전 같아.

그래? 나는 반대인데. 희생번트는 결과가 대부분 안 좋던데. 내가 감독이라면 히트앤드런을 지시하겠어. 덕 민케비치가 좌타자라서 더

블플레이 확률도 약간 줄어들 테고 말이야.

어쨌든 1사 2루에서 적시타 하나만 나오면 보스턴 레드삭스가 이기네. 제발 역전승 가자!

이야, 여기서 쟈니 데이먼의 평범한 땅볼 타구를 1루수 토니 클락이 실책을 저지르네. 1사 1, 3루로 완전히 몰려버렸어. 정말 위기야!

어, 모로 가도 서울만 가면 된다고 깔끔하게 희생플라이로 역전승을 마무리하자! 제발!

와우! 이 절체절명의 위기 상황에서 스트라이크 아웃을 잡네. 역시 마리아노 리베라야!

아이고, 올랜도 카브레라는 결정적일 때 삼구삼진을 당하냐. 뻔히 빠지는 볼로 유인하고 있는데 참지를 못하네. 쟈니 데이먼의 무관심 도루로 2사 2, 3루에서 매니 라미레즈가 볼넷을 얻어 2사 만루가 됐어. 사실 1사 1, 3루였던 올랜도 카브레라 타석 때 뉴욕 양키스가 극단적인 전진 수비를 하고 있어서 1루주자인 쟈니 데이먼은 그때 무관심 도루를 시도했어야 했거든. 그랬다면 더블플레이 위험이 사라지니 타자도 한결 가벼운 마음으로 타석에 설 수 있었을 것이고 스트라이크 아웃이라는 결과가 달라졌을 수도 있어. 이런 사소한 부분에서 우위를 점해야 이기는 게 야구인데 말이야.

어, 어쨌든 여기서 데이비드 오티즈를 만나네. 진짜 쫄깃하다!

제발!

와우! 2루수 팝플라이 아웃으로 끝내기 패전 위기를 벗어나네. 엄청 많은 일이 있었던 9회말 같은데 결국 보스턴 레드삭스가 한 점만 나서 4 대 4 동점으로 연장전으로 가게 되었어. 뉴욕 양키스로서는 완전 다행이야.

뭔가 아쉽다. 끝낼 수 있었을 때 끝냈어야 했는데.

독일어로 연장전은 경기가 길어진다는 의미 때문에 남자의 성기가 발기한다는 뜻도 된다는데?

인터넷으로 그런 확인되지 않은 이상한 정보는 좀 그만 찾아! 그럼 더블헤더는 더 야한 뜻으로 끼워 맞춰도 되는 거 아냐?

하하, 알았어. 시원한 거 한잔 마시려고 하는데 같이 마실래?

그래, 고마워. 시원한 사이다 같은 거 있으면 한잔 줘. 너무 긴장돼서 입안이 바짝 말랐네.

여기 있어.

그런데 자기야, 나 할 말이 있는데.

어, 갑자기 이 시점의 분위기에서 왜 진지한 이야기를 꺼낼 것 같지? 무슨 말인데?

음, 그게.

응.

우리, 연인 사이에서 이제 그냥 야구나 함께 보는 친구 사이로 돌아가면 안 될까?

응? 갑자기 그게 무슨 말이야?

많이 생각해봤는데 자기는 뉴욕 양키스를 응원하고 나는 보스턴 레드삭스를 응원하는 것만큼 그리고 자기는 삼성 라이온즈의 팬이고 나는 한화 이글스의 팬인 것만큼 우리는 꽤 많이 다른 것 같아.

다르다니, 잘 이해가 안 가는 말인데?

서로가 성격이나 환경이 많이 달라서 처음에는 그 다름이 끌린 것 같은데 1년 정도를 사귄 후에 돌이켜보니 우리는 연인 사이보다 친구 사이가 더 어울리는 것 같아.

여전히 잘 이해가 안 가. 내가 무슨 잘못이라도 했어?

아니, 최근에 계속 생각해봤는데 성격이나 환경이 이렇게 다른 우리가 과연 해피엔딩까지 갈 수 있을까 겁나더라. 겁쟁이라고 해도 좋은데 점점 관계를 지속해나가면 나중에 내가 더 상처받을 것 같아. 그래서 좋은 감정이 있을 때 헤어져서 서로의 길을 응원해주는 게 더 낫지 않을까?

솔직히 좀 당혹스럽다. 뭔가 다른 이유가 있어서 그러는 것은 아닐까 싶기도 하고. 못난 생각이지만 혹시 다른 남자가 생긴 건 아닌가 싶기도 하고 말이야.

그건 절대 아니야! 무라카미 하루키가 1987년 4월 1일에 도쿄 진구 구장에서 열린 야쿠르트 스왈로스의 홈 개막전에서 1회말 1번타자 데이브 힐턴의 2루타를 보는 순간 소설을 쓰기로 결심했다는 것처럼 보스턴 레드삭스의 빌 뮬러가 마무리투수 마리아노 리베라를 넘어뜨리고 중견수 버니 윌리엄스에게로 동점 적시타를 날리는 순간 나도 꾸준히 생각해왔던 우리 둘의 관계를 그만 끝냈으면 한다고 결심한 거야.

뭐라고 말해야 할지, 참.

그냥 날 위해서 그렇게 해주면 안 되겠어?

성격이나 환경이 다르다는 것도 맞춰가면 되지 않겠어?

맞춰보려고 나도 많이 노력했는데 안 되는 건 안 되더라고. 자기도 많이 노력해왔다는 걸 잘 알아. 항상 고맙기도 하고.

자, 그러면 이렇게 해.

어떻게?

지금 연장전으로 접어든 4차전 중인데 뉴욕 양키스가 3승 무패고 보스턴 레드삭스가 무승 3패잖아?

그래.

뉴욕 양키스가 1승만 더 추가하면 월드시리즈로 진출하는 거지.

당연한 이야기를 왜 해?

99%도 더 넘는 확률이겠지만 뉴욕 양키스가 월드시리즈로 진출한

다면 자기 말대로 할게. 아까 자막으로 보니 메이저리그에서 지금까지 무승 3패로 끌려가던 경우는 25번이었는데 한 번도 리버스 스윕이 나오지 않았을 뿐더러 그냥 무승 4패로 끝난 것도 25번 중 20번이나 된다고 해. 그러니 이 경기의 승패가 어찌 되든 뉴욕 양키스가 1승을 더 올려서 월드시리즈로 진출하는 것은 거의 기정사실이겠지. 대신 자기가 응원하는 보스턴 레드삭스가 이 경기부터 기적 같은 4연승을 해서 리버스 스윕을 달성한다면 내 뜻대로 하는 게 어때? 그렇게 된다면 성격이나 환경 같은 개똥 같은 이야기는 다 잊고 우리 둘은 계속 만나는 거야. 연인으로서 계속!

흐흐. 이런 자막도 제공되는 걸 보면 야구는 정말 기록의 스포츠네. 그나저나 나한테 너무 유리한 조건의 내기 아니야? 내가 자기에게 반했던 건 이렇게 비현실적인 꿈도 정말 현실처럼 말하는 당당한 모습 때문이었긴 했지만 말이야. 알았어. 자기가 응원하는 뉴욕 양키스가 이 경기에서 이기든 앞으로 남은 세 경기 중 한 번만 이겨도 내 말대로 우리는 그냥 친구가 되는 거야.

허허. 이렇게 되면 아이로니컬하게도 이제부터 나는 보스턴 레드삭스를 응원하게 되잖아! 그렇다고 자기는 뉴욕 양키스를 응원하는 거 아냐?

하하. 그렇게 되나. 하지만 나는 언제나처럼 계속해서 보스턴 레드삭스를 응원할 거야.

그래, 일단 경기를 지켜보자. 11회초 첫 타자 미겔 카이로가 안타로 출루한 후 데릭 지터가 희생번트를 성공시키네. 좋은 기회를 잡는구나. 아니, 위기인 건가? 아이고, 헷갈린다. 지금 머리와 가슴이 따로 노는 것 같아.

호호. 그냥 가슴이 시키는 대로 해.

11회초 1사 2루에서 최고의 타자 알렉스 로드리게스야! 왠지 뭔가가 터질 것처럼 두근거리는데. 자기는 어때?

그렇네. 구원투수 앨런 엠브리가 못 미덥기도 하고. 와! 결정적인 타구를 유격수 올랜도 카브레라가 잡아냈어. 정말 빠지는 타구였는데 말이야. 아까 9회말에 경기를 끝낼 기회였는데 삼구삼진 당한 것을 이걸로 만회하네. 게리 셰필드를 고의볼넷으로 거르는데 이게 맞는 선택인지 모르겠어. 투구폼이 특이한 좌투수 마이크 마이어스로 교체하지만 현재 세계에서 가장 무서운 타자인 마쓰이 히데키 타석인데 말이야.

그러고 보면 야구는 왼손잡이가 참 유리한 것 같지 않아? 좌완 파이어볼러는 지옥에서라도 데려오라는 말도 있고 말이야.

예전에는 우투수가 훨씬 많아서 생소한 왼손잡이 투수가 던지면 시각적으로 더 유리해서일까?

그런 것도 있었겠지. 그런데 나는 야구라는 경기 자체가 왼손잡이가 참 유리한 것 같아.

어떤 면에서?

오른손잡이 타자와 왼손잡이 타자가 똑같이 잘 맞은 타구를 당겨쳤다고 생각해봐. 우타자가 친 타구는 좌익수와 중견수 쪽으로 가면서 거의 단타나 잘해봐야 2루타가 되지만 반면 좌타자가 친 타구는 중견수와 우익수 쪽으로 가면 2루타 혹은 3루타가 되기도 쉽잖아? 야구라는 경기 자체가 1루가 오른쪽에 있고 2루를 돌아 왼쪽에 있는 3 루로 진루하는 스포츠라서 왼손잡이가 1루에 한 발짝이라도 더 가까이 있고 베이스를 도는 방향도 더 유리한 것 같아.

대충 무슨 의미인지는 알겠어. 하지만 왼손잡이는 수비 특성상 포수나 내야수를 하기는 어렵잖아. 포수가 왼손잡이라면 오른손에 미트를 끼고 왼손으로 도루 저지를 해야 하는데 우타자가 타석에 있을 경우 던지는 각도를 잡기 어렵다고 하더라. 더구나 수시로 더블플레이 수비를 해야 하는 키스톤 콤비인 유격수와 2루수는 왼손잡이가 불가능하기도 하고 말이야. 다만 왼손잡이 1루수는 투수의 견제구를 잡아 1루주자를 오른손에 낀 미트로 터치하기가 좋고 1, 2루간으로 향하는 타구를 수비하기도 좋은 특성이 있어 오른손잡이에 비해 다소 유리하다고 해. 즉, 내 말은 야구에서는 사소하게 유불리가 존재하겠지만 크게 보면 공정하지 않을까 싶어. 야구장 자체가 구단마다 규격이 모두 다르잖아? 규격이 정확해야 하는 축구나 농구의 골대와 경기장이 산문이라고 한다면 외야의 규격과 담장의 높이도 제각각이면서 주심마다 약간씩 다른 스트라이크 존이 존재하는 야구는 마치 시 같다고나 할까. 시적 허용이 있는 스포츠랄까. 그러니 일견 왼손잡이가 더 유리해 보여도 전체적인 견지에서 큰 차이는 없을 것 같

아. 운도 많이 작용하고 말이야.

그렇구나. 여하튼 마쓰이 히데키가 여기서 적시타를 치면 분위기는 완전히 뉴욕 양키스로 넘어갈 것 같아.

그런데 불길하게 네 개 연속 볼을 던져서 거르네. 라틴어로 왼손잡이를 시니스터(sinister)라고 하거든. 어원이 불길하다는 뜻이래.

왼손잡이는 불길하다?

응, 악수에서 유래했다는데 고대 로마에서 줄리어스 시저는 오른손으로만 악수하게 명령했다고 해. 오른손을 맞잡으면 가까운 거리에서도 공격을 받지 않을 수 있으니까 말이야. 그런데 왼손잡이는 오른손으로 악수하면서도 왼손으로 칼을 쓸 수 있으니 불길하거나 사악한 존재로 생각한 거지.

듣고 보니 그럴싸한데. 그런데 모든 왼손잡이는 고집이 세다고 하잖아. 왜 그런지 알아?

왜?

고집이 약한 왼손잡이는 모두 어릴 때 부모에 의해 오른손잡이로 개조된다나.

하하. 어쨌든 2사 만루에서 스위치히터 버니 윌리엄스라, 과연!

거의 모든 스위치히터가 그렇지만 버니 윌리엄스도 좌타석이 더 강해서 우투수인 커티스 레스카닉을 구원 등판시킨 건 실책 같은데? 차라리 좌투수인 마이크 마이어스를 계속 던지게 하고 버니 윌리엄스를 우타석에 서게 하는 게 더 나을 것 같은데 말이지. 야구는 이렇게 미묘한 부분에서 우위를 점해가는 경기라는 점에서 정말 매력적이야.

동감해. 그런 예상이나 작전이 틀릴 때도 있지만 그럴 때면 '야구 몰라요.'라거나 '역으로 가네요.'라고 하면 되는 거 아냐? 흐흐.

아아, 중견수 플라이 아웃으로 2사 만루의 기회를 무산시키네. 기회를 놓치면 곧바로 위기가 오듯이 11회말이 뉴욕 양키스에게는 큰 위

기가 되겠다. 그러고 보니 우리 사이에서 나도 뭔가 기회를 놓친 게
있는 것 아냐? 그래서 위기가 온 건 아니야?

흐흐. 야구나 계속 봐. 언젠가 먼 훗날에 내가 먼저 결단해준 것에 대
해 나한테 두고두고 고마워할 때가 올 거야. 장담해!

과연 그럴까?

두고 보자고.

지금 마운드에 있는 뉴욕 양키스의 톰 고든이 예전에 보스턴 레드삭
스의 마무리투수였던 거 알아?

그래? 금시초문인걸. 아까도 말했지만 내가 보스턴 레드삭스의 오래
된 팬은 아니라서 말이야.

보스턴 레드삭스 소속으로 아메리칸리그 세이브 기록을 세우던 시
절도 있었어. 아까 언급한 소설가 스티븐 킹이 이 투수를 등장시키는
『톰 고든을 사랑한 소녀』라는 소설도 썼을 정도야.

그래? 구해서 한번 읽어봐야겠다. 야구는 이렇게 선수들이 돌고 도는구나. 메이저리그는 우리나라 프로야구와는 다르게 적이나 라이벌이었던 팀으로 가는 게 참 쉬운 느낌이야. 마리아노 리베라도 보스턴 레드삭스로 올 수 있는 것 아니야?

아마 그건 불가능할 거야. 여하튼 톰 고든이 2사 후에 쟈니 데이먼에게 볼넷과 도루를 허용했지만 올랜도 카브레라를 유격수 땅볼로 잘 막고 11회말도 무사히 넘기네. 경기가 너무 길어지는데도 흥미진진하네.

그러게. 조마조마한 순간이 많아서 경기를 처음부터 복기하기도 어려울 지경이겠어. 어쩌면 사랑도 비슷하지 않을까?

그게 무슨 말이야?

사랑하는 사이를 야구 한 경기에 대입시키면 말이야. 가끔씩 생기는 기회나 위기, 혹은 좋았던 순간이나 슬펐던 때는 잘 기억이 나도 아무 일 없이 지나갔던 그 수많은 평탄한 나날은 잘 기억할 수 없잖아? 사실 그 수많은 평탄한 나날이, 그리고 아무 일 없이 흘러가는 이닝들이 사랑과 야구를 이룩하는 것인데 말이야.

음, 자기는 정말 우리 관계에 대해서 생각을 많이 했나 봐. 그러다가 정말로 철학자가 되어버린 것 아냐? 야구와 사랑이라.

뉴욕 자이언츠의 전설적인 투수 크리스티 매튜슨이 그랬지. '승리하면 조금 배울 수 있지만 패배하면 모든 것을 배울 수 있다.'라고. 사랑도 어쩌면 달콤하게 맺어지는 것보다 무릎 꿇었을 때 얻는 게 더 많을지도 몰라. 그러니 자기도 너무 감정에 아파하지 않았으면 좋겠어. 우리는 친구로서도 잘 지낼 거야. 야구도 함께 보면서 말이야.

음, 아마 연인이 아니라면 다시 친구가 될 수는 없을 거야.

그렇게 생각해?

그래, 5회까지 야구 경기를 했는데 다시 1회초부터 할 수는 없는 거니까. 야구는 5회말까지 진행하면, 또는 5회초가 끝났는데 홈팀이 이기고 있으면 그 후에 어떤 천재지변이 일어나도 그건 정식경기로 공인받거든. 연인 사이가 친구로 돌아가는 건 야구로 치면 노게임 아니겠어?

흐흐. 비유가 맞는지는 모르겠지만 대강 무슨 말인지는 알겠어. 그런데 이렇게 연장전이 길어지면 다음 날로 날짜가 바뀔 것 같아. 야구참 길게도 하네. 현지의 어린이 팬들은 잠이 쏟아지겠어. 선수들은 정말 스태미나가 좋아야 하겠는데.

그러게. 그 넓은 아메리카 대륙을 몇 개월째 동부에서 서부로, 서부에서 중부로 갔다가 다시 동부로 비행기를 타야 하잖아. 이닝 제한이 없는 연장전을 치르기도 하고 이렇게 10월의 쌀쌀한 밤에 날짜가 바뀌는데도 경기를 계속하려면 체력이 장난 아니겠다.

스태미나(stamina)는 사전을 찾아보니까 라틴어에서 유래했다는데 운명의 세 여신인 파테스가 잣는 사람의 수명인 실이라는 뜻이래. 어쩌면 수명처럼 체력도 정해져 있다고 보는 걸까?

실이라고 하니 오래전부터 동양에서 연인 사이는 빨간 실로 연결되어 있다는 말이 떠오르네. 우리도 빨간 실로 연결되어 있을까?

음.

그런데 운명의 여신인지는 모르겠지만 야구 자체는 정말 인간이 아니라 신이 만든 경기 같기도 해.

무슨 말이야?

음, 규격이라고 할까? 투수와 포수 사이의 거리는 보통 18.44m라고 말하잖아?

그렇지.

그 거리는 투수가 커브볼 같은 변화구를 구사하는 데 가장 이상적이라고 과학책에서 봤거든. 18.44m보다 조금만 짧거나 길어도 제대로 변화구를 던지기가 어렵대. 이걸 과연 인간이 생각해서 정했을지 의문이 든 거야. 더구나 내야수는 한 번만 타구를 더듬어도 1루에서 아슬아슬하게 세이프가 되잖아. 유격수가 깔끔하게 포구해서 1루수에게 송구하면 대부분이 아웃이고 말이야. 이러한 야구와 야구장의 규격은 야구가 처음 생겼을 때부터 현재에 이르기까지 거의 변하지 않았다는데 세밀한 인치의 경기를 과연 인간의 능력으로 창조했을지 의문이야. 신이 만들어서 인간에게 건네준 게 아닐까 싶어.

자기다운 엉뚱한 말로 들리지만 일견 그럴싸하기도 하네.

아아, 12회말에 뉴욕 양키스의 구원투수 폴 퀸트릴이 등판하네. 이 투수는 좀 불안한데.

그래? 보스턴 레드삭스의 타선도 매니 라미레즈와 데이비드 오티즈가 나란히 들어서는 게 좋은 기회인 것 같아.

정말 둘 다 무서운 타자라서 상대팀 입장에서는 과연 어느 독을 선택해야 할지 모를 정도야. 둘 중 어느 하나라도 먹으면 죽을 정도로 위험한 독일 텐데 말이야. 매니 라미레즈만 있을 때도 무서운 타선이었는데 거기다가 데이비드 오티즈까지 합세하다니 정말 막강한 다이나믹 듀오야!

데이비드 오티즈가 보스턴 레드삭스로 오게 된 경위를 기억해?

얼핏 들은 것 같기는 한데, 뭐였지?

데이비드 오티즈는 원래 미네소타 트윈스 소속이었잖아?

그랬지.

그런데 팀에서 방출당하고 실의에 빠져 있을 때 고국인 도미니카공화국의 어느 식당에서 우연히 보스턴 레드삭스의 에이스 페드로 마르티네스를 만난 거야.

그래서?

페드로 마르티네스가 봤을 때 데이비드 오티즈가 수심에 빠진 채 음식도 먹지 않고 어딘가로 심각한 전화만 하고 있더라는 거야. 그게 이상해서 물어본 거지. 왜 그러느냐고. 그랬더니 미네소타 트윈스에서 방출당해서 이제 메이저리그에서 뛸 수 없을지도 모른다고 하소연한 거야. 그러자 페드로 마르티네스가 자기팀인 보스턴 레드삭스에 직통으로 전화한 거지. 데이비드 오티즈와 바로 계약하라고. 보스턴 레드삭스는 생각지도 못하고 있다가 에이스의 제안을 뭉개기도 뭣하고 그래서 데이비드 오티즈와 계약했다고 하더라.

이야, 그런 비하인드 스토리가 있었어?

이런 우연한 만남이 역사를 만들기도 하는 것 같아. 만약 그때 둘 중 하나가 그 식당에 가지 않았으면 어떻게 되었겠어?

그러게. 비슷한 경우인지는 모르겠지만 누군가의 사소한 실수로 야구의 역사가 바뀌기도 하더라. 1984년 한국시리즈를 기억해? 롯데 자이언츠의 에이스 최동원이 한국시리즈에서만 혼자서 4승을 거둬서 내가 응원하던 삼성 라이온즈를 무너뜨렸던 것 말이야.

응, 직접 보지는 못했지만 엄청 유명한 한국시리즈였잖아.

그래, 나도 직접 보지는 못했지만 삼성 라이온즈의 팬으로서 그 결과가 너무 아쉬웠어. 여하튼 1984년 한국시리즈의 MVP가 누군지 알아?

당연히 최동원 아니야?

아니야. 7차전 8회초에 나온 역전 스리런 홈런의 주인공 유두열이었어.

그렇구나. 그런데 그게 역사나 실수랑 무슨 상관이야?

6차전까지 유두열은 17타수 1안타로 엄청 부진했었거든. 그래서 롯데 자이언츠의 강병철 감독이 원래 5번타자이던 유두열을 마지막 7차전에서는 6번타자로 타순을 내렸대. 그런데 경기장 기록원의 실수로 7차전에도 5번타자로 배치된 거야. 그 사소한 실수를 바로잡지 않고 그 상태로 경기는 흘러가 8회초에 역전 스리런 홈런을 날리게 된 거야. 어쩌면 기록원의 사소한 실수가 없었다면 그 홈런 자체가 없었을지도 모르지. 그리고 1984년 한국시리즈의 우승은 삼성 라이온즈가 차지했을 수도 있지 않았을까? 그래서 누군가의 사소한 실수로 야구의 역사가 바뀔 수도 있다고 한 거야.

그래. 우리가 처음 만난 것도 사소한 우연이잖아? 그 버스에 우리가 함께 타지 않았다면, 그리고 자기가 나를 쫓아오지 않았다면 우리는 모르는 사이로, 영원히 그 사람의 존재조차 모르는 사이로 각자의 인생을 살았을지도 몰라.

아니야. 우리는 그때 그 버스에서 만나지 않았어도, 그리고 내가 우물쭈물하며 자기를 따라갈까 말까 고민하다가 놓쳤다고 해도 언젠가는 다시 만났을 거야. 분명히 다시 만났을 거라는 확신이 들어.

자기는 확신이 있지만 나는 그게 부족한가 봐. 우리가 투수와 포수 배터리라면 나 때문에 경기에 질 거야, 아마도.

지면 또 어때? 함께 야구 경기를 하는 것만으로도, 호흡을 맞추는 것만으로도 행복했고 영광이었을 거야.

그렇게 말해주니 정말 고맙네. 야구를 오래 봐서 눈이 피로한지 눈물이 나려고 해. 앞이 잘 안 보이네.

아아, 시각장애인 야구해설가 엔리케 올리우와 그의 아내에 관한 이야기가 있는데.

잠깐, 12회말 첫 타자 매니 라미레즈가 안타로 출루했어. 엔리케 올리우와 그의 아내 이야기는 다음에 꼭 해줘. 무사 1루에서 타석에 데이비드 오티즈네. 여기서 데이비드 오티즈가 꼭 칠 것 같아! 그냥 느낌이 와!

과연?

이 느낌을 페드로 마르티네스도 강렬하게 받았을 거야. 그래서 보스턴 레드삭스의 프런트에 전화해서 데이비드 오티즈와 바로 계약하라고 했겠지.

투 볼 원 스트라이크에서 폴 퀀트릴의 네 번째 공을, 아!

아!

○

지금까지 이 제품에 대한 영상을 잘 보셨나요?

전국적으로 13만 명이 넘는 젊은이가 사회와 단절된 채 자신만의 조그만 방 안에 갇혀 있습니다. 이런 은둔형 외톨이는 일본에서 먼저 사회문제로 지적된 현상이라서 그런지 흔히 '히키코모리'라고 하죠. 일본어로 틀어박힌다는 뜻의 '히키코모루'의 명사형으로 알고 있습니다.

우리 회사는 그런 안타까운 젊은이들이 방 밖으로 나오도록 돕자는 게 아닙니다. 우리는 고독해질 대로 고독해진 그들이 종국에는 범죄를 저지르지 못하도록 더 깊이 인터넷과 AI 속으로 침잠시키는 데 목적이 있습니다.

적절한 교육과 직업 훈련을 수행하지 못한 젊은이들이 방 밖으로 나와서 사회적으로 도태되었다가는 결국 범죄자가 될 수밖에 없습니다. 얼마 전에 경기도의 어느 초등학교에 20대 남자가 무단으로 침입해서 선생님 한 분과 초등학생 다섯 명을 끔찍하게 살해한 일이 있지 않았나요? 대전에서는 집 인근의 학교 운동장에서 아이들이 야구 경기를 하는 소리를 들은 은둔형 외톨이가 시끄럽다며 칼을 들고 나가려는 것을 늙은 아버지가 막아 세우는 과정에서 아버지가 아들을 실수로 찔러 죽이는 비극이 일어나기도 했습니다. 아버지는 바로 자수했고 점점 폭력적으로 변하는 아들을 그대로 두었다가는 결국 잔인한 범죄자가 되었을 것이라고 말했습니다.

에스에스보험의 조사에 의하면 은둔형 외톨이가 저지른 범죄로 인한 사회적 비용은 이제 1000억 원에 육박한다고 합니다.

해서 우리 회사의 제품은 그들이 안전한 방 안에서 가장 좋아하는 것을 실제로 하고 있다고 생각하게 하는 혁신적인 것입니다. 방 밖의 현실 세계로 나가지 않고도 방 안에서 그는 자신이 꿈꿔왔던 걸 모두 이룩할 수 있습니다! 그는 한 나라의 대통령이 될 수도 있습니다! 방금의 영상처럼 연애를 할 수도 있죠. 이 청년은 방 안에 틀어박혀 있지만 자신의 상상 속에서는 버스에서 우연히 만난 여자와 1년 동안이나 이런 연애를 하고 있다고 꿈꾸는 겁니다. 자신과 비슷한 수준으로 대화를 나누는 이성을 만나고 싶었던 거죠. 밖에서 우리가 볼 때는 실체가 없는 AI지만 그 청년에게는 피자를 함께 먹을 수 있을 뿐더러 눈물까지 흘리는 실제의 여자로 인식되는 겁니다. 또한 지금은 2024년이지만 2004년의 야구를 AI와 함께 보고 있습니다. 그러니 이 청년에게는 〈애인이랑 야구보기〉라는 제목의 새로운 세상이 창조되는 겁니다. 본인이 가장 행복했던 때인지 가장 기억에 남는 시절인지는 모르겠지만 시공간 자체를 그가 무의식적으로 디자인하게 됩니다. 어떻게 보면 꿈과 비슷합니다. 크리스토퍼 놀란 감독의 영화 〈인셉션〉도 비슷한 상상을 보여주지 않던가요? 그 영화처럼 우리 제품도 10년이고 20년이고, 원한다면 영원히 그의 조그만 방 안에서 그가 원하는 세상을 살 수 있도록 해줍니다.

대단하지 않나요?

하지만 이 제품은 우리 회사의 목적에 100% 충실하게 작동하지는 않았습니다. AI가 갑자기 청년과 헤어지겠다고 폭탄선언을 한 것이죠. 그것은 청년이 혹시 지금 연애하고 있는 상황 자체가 거짓이 아닐까 의심한 결과일 수도 있고, AI의 일시적인 오류일 수도 있습니다.

우리는 그래서 〈애인이랑 야구보기〉를 좀 더 지켜보기로 했습니다. 원래의 시나리오대로라면 보스턴 레드삭스가 데이비드 오티즈의 끝내기 투런 홈런으로 ALCS 4차전을 승리하고 5차전도 가까스로 이긴 뒤 양키스타디움에서 치러진 6, 7차전을 차례로 이기게 됩니다. 결국 그 청년의 희망대로 1%의 확률도 되지 않는, 3연패 뒤 4연승이라는 리버스 스윕이 발생해 가상의 연애는 영원히 이어지게 되는 거죠.

그런데 재밌게도 AI는 그 청년을 밀어내려고 합니다. 이유는 밝힐 수 없다면서 말이죠. 그러니 우리는 그 청년이 디자인한 〈애인이랑 야구보기〉에 다시 접속해보도록 하겠습니다.

영상을 함께 보시죠. 아마도 ALCS 5차전으로 이어질 듯합니다.

○

나는 어린 시절부터 비가 참 싫었어.

왜?

조그만 손으로 실내화 주머니와 도시락통을 들기에도 힘든데 우산까지 들기가 무척 싫었던 걸까? 습한 날씨 자체가 싫었고, 옷이나 신발이 젖는 것도 싫었어.

야구 좋아하는 사람치고 비 좋아하는 사람도 잘 없지. 메이저리그에서 최초의 흑인 포수가 된 로이 캄파넬라는 '야구선수의 마음속에는 소년이 살고 있어야 한다.'고 했는데 자기의 마음속에도 아직 비를 싫어하는 소년이 살고 있는 것 아냐?

그러게. 그런데 비가 내려서 기다리던 경기가 우천취소로 연기되면 그것처럼 허무한 일도 없지. 또한 비가 흩뿌리는 날씨에 경기하면 선수가 기량을 온전히 펼칠 수도 없고 말이야. 투수가 제구를 잡기도 힘들고 주루도 제대로 안 되어서 경기 자체에 운이 작용하는 경우가 많았던 것 같아.

그렇구나.

뉴욕 양키스의 팬으로서 이번 ALCS 기간에도 비가 내려서 일정이 밀리면서 4차전부터 7차전까지 휴식일 없이 치르는 게 좀 불길하기도 해.

응, 분위기를 탄 팀이 연승하기 좋게 된 것 같아.

그러게.

빅토르 위고의 『레 미제라블』 2부 1장에 만약에 1815년 6월 17일과 18일 사이의 밤에 비가 오지 않았더라면 유럽의 미래는 달라졌을 것이라고 한 내용이 나와. 워털루 전투는 그 비로 인해 땅이 젖어 있었기 때문에 오전 11시 30분에 시작될 수밖에 없었는데 게프하르트 레베레히트 폰 블뤼허가 싸움터로 달려올 시간의 여유가 충분했대. 나폴레옹 보나파르트의 입장에서 포병이 기동하기 위해서는 땅이 좀 굳어지기를 기다리지 않으면 안 되었거든. 가령 땅이 말랐다면 대포는 굴러갈 수 있었고 전투는 아침 6시에 시작되어 오후 2시에, 즉 프로이센군에 의하여 전세가 급전되기 세 시간 전에 프랑스의 승리로 돌아가고 끝났을 거라며 비가 유럽의 미래를 바꿨다고 말하지.

너무 거창한 것 아니야? 비가 오든 말든 결국 나폴레옹 황제는 몰락했을 텐데 말이야.

뭐, 비 이야기가 나온 김에 보스턴 레드삭스가 야구의 미래를 바꿔달라는 희망에서 언급해봤어. 마침 비 때문에 일정이 바뀌기도 했고 말이야.

1회말부터 올랜도 카브레라와 매니 라미레즈의 안타가 나오고 데이비드 오티즈의 적시타와 제이슨 배리텍의 밀어내기 볼넷으로 보스턴 레드삭스가 0 대 2로 앞서나가네. 4차전에서 연장 12회 끝내기 승리를 가져간 게 5차전까지 좋은 분위기로 이어지는 것 같아.

그래, 야구란 정말 기세와 분위기의 스포츠네.

그런 의미에서 야구 중계를 보면 캐스터나 해설위원이 점수 차가 크게 벌어진 경기에서 지고 있는 팀의 마지막 공격 때 내일 경기를 위해서라도 이대로 허무하게 지면 안 된다고 일갈하곤 하는데 어떻게 생각해?

글쎄. 과연 과학적인 이야기인지는 잘 모르겠어.

어, 나도 방송에서 그 이야기를 들을 때마다 과연 정말로 오늘 경기의 기세나 분위기가 내일 경기까지 이어지는 걸까 의심하곤 했어.

일본인지 미국인지 모르겠지만 어느 감독이 이런 비슷한 말을 한 게 기억나. '연승이나 연패를 할 때 기세나 분위기 따위는 없다. 중요한 건 다음 경기의 선발투수가 누구냐이다.'라고.

흐흐, 말 되네. 또한 '야구는 투수놀음'이란 말도 함께 연상되긴 해.

그러게, 야구의 승부에서는 투수가 정말 중요하긴 해.

그런 의미에서 5차전 뉴욕 양키스의 선발투수 마이크 무시나와 보스턴 레드삭스의 선발투수 페드로 마르티네스는 둘 다 좋은 투수야.

둘 다 월드시리즈 우승 경험이 없긴 하지만 말이야.

그럼 자기는 정규 시즌 때는 사이영상급으로 던지지만 포스트시즌 같은 큰 경기에는 다소 약한 투수와 반대로 정규 시즌 때는 그럭저럭 던지다가 큰 경기에 유독 강한 투수 중에 누구를 더 좋아해?

팀 상황에 따라 다르겠지만 역시 큰 경기에 강한 빅게임 피처가 더 좋지 않을까?

역시 그렇겠지. 나도 그런 의미에서 휴스턴 애스트로스로 떠난 앤디

페티트를 참 좋아했거든. 정말 차가운 인상의 좌완투수인데 팀의 연승을 이어주고 연패를 끊어주는 역할을 정말 잘했지.

어, 1루 견제도 얄밉게 잘하더라.

흐흐, 투구폼이랑 견제 동작이 구분하기 힘든 투수지.

뉴욕 양키스도 2회초에 버니 윌리엄스의 솔로 홈런으로 바로 따라가네. 역시 강팀이야.

그러게. 페드로 마르티네스도 과거와 달리 노쇠한 느낌이야. 2004년 포스트시즌이 끝나면 보스턴 레드삭스가 잡지 않을지도 모르겠어.

설마. 노마 가르시아파라가 떠나고 팀의 상징 같은 투수인데 잡지 않으면 보스턴에서 폭동이 날지도 몰라.

젊은 테오 엡스타인 단장은 그런 걸 두려워하지 않더라고. 숫자와 기록을 가장 먼저 보면서 팀을 운영하는 것 같더라.

그런 면이 없지 않아 있지. 하지만 페드로 마르티네스를 내치지는 않을 것 같은데 말이야.

예전과 달리 한 팀의 레전드가 쭉 그 팀에서 뛰다가 은퇴하기는 어려운 시대야. 어쩌면 당장 다음 해에 뉴욕 양키스가 페드로 마르티네스를 영입할지도 모르지.

상상만 해도 아찔하다.

그나저나 1 대 2인 점수 차가 계속 유지되면서 너무 소강상태인데. 흔히 야구에서 8 대 7의 '케네디 스코어'가 가장 재밌다고 하잖아?

어, 그런데 미국에서는 그런 말 자체가 없다고 하더라.

그래, 맞아. 알고 있었구나. 존 F. 케네디 대통령이 대선 과정에서 야구 경기는 몇 대 몇으로 끝나야 가장 재밌냐는 질문을 받고 8 대 7이라고 대답하자 야구에 대한 식견이 높다는 인상을 줘서 대통령이 되는 데 일조했다는 일화 자체가 없다고 해. 그러니 '케네디 스코어'란 것도 일본이나 우리나라에서 만들어진 말이겠지. 하지만 근사하지 않아?

뭐가?

그런 일화 자체가 거짓이라고 해도 8 대 7이란 점수가 나는 야구 경기는 정말 재밌을 것 같잖아. 축구에서는 3 대 2를 '펠레 스코어'라고 한다는데 이것도 우리나라에만 있는 말일지도 모르지. 하지만 축구를 볼 때 3 대 2의 점수가 나는 경기가 참 재밌잖아.

그러게. 축구는 관심이 적어서 '펠레 스코어'까지는 모르겠지만 야구 경기에서 9 대 8인 경기는 '루스벨트 스코어'라고 하더라.

그건 프랭클린 루스벨트 대통령이 '야구는 8, 9점 정도는 나와야 재밌지.'라고 한 데서 유래했다지? 이것도 사실인지 과장인지는 잘 모르겠지만 말이야.

사실이면 어떻고 과장이면 어때? 축구든 야구든 점수가 좀 나야 재밌지. 물론 1 대 0 경기도 엄청 재밌긴 하지. 역사상 최고의 투수인 월터 존슨은 1 대 0 완봉승도 가장 많다고 하더라.

나는 월터 존슨의 성적보다 성격이 더 인상적이야. 그는 선수 생활 말년이던 1925년 월드시리즈 마지막 7차전에서 분투하고 있었대. 그의 팀 워싱턴 세네터스는 경기 초반 4 대 0으로 앞서 있었지만 월드시리즈 내내 컨디션이 저조했던 유격수 로저 페킨포가 결정적인 실책을 저질렀어. 그 때문에 경기는 엎치락뒤치락하게 되었고 8회 말 만루 위기에서 월터 존슨은 피츠버그 파이리츠의 카이카이 카일러에게 역전 2루타를 얻어맞아 경기를 지고 말았지. 8회말이 끝나고 공수교대를 할 때 월터 존슨은 마운드에 그대로 서서 로저 페킨포가 다가오기를 기다렸대. 그는 패전의 주범인 로저 페킨포를 팔로 얼싸안으면서 오히려 위로하는 제스처를 취했어. 월터 존슨은 위대한 투수이기도 했지만 그보다 더 위대한 인간이었어.

아, 정말 멋지네.

이런저런 이야기를 하는 사이 6회초에 2사 만루가 되었어.

그러네. 게다가 이런 결정적인 순간에 데릭 지터 대 페드로 마르티네스의 대결이 이뤄지는군.

어, 여기가 승부의 분수령이 될 것 같아.

데릭 지터 특유의 밀어치기를 조심해야 할 텐데 말이야. 데릭 지터는 이런 결정적인 순간에 얄밉게 톡 잘 밀어치더라.

아, 그 말 그대로 데릭 지터가 적시타를 펜웨이파크 우측으로 밀어쳤어. 이거 1루주자까지 싹쓸이로 득점하겠는데! 와, 역시 데릭 지터야! 싹쓸이 적시타로 뉴욕 양키스가 4 대 2로 역전했어!

음, 역시 뉴욕 양키스는 페드로 마르티네스의 아버지로군.

허허, 페드로 마르티네스가 정규 시즌 때 뉴욕 양키스에게 크게 지고 나서 한 그 인터뷰 때문에 하는 말이지?

그래, 역전 적시타는 어쩔 수 없다지만 그 이후 투구 밸런스가 무너지면서 연속 볼넷을 내주고 다시 만루의 위기네. 마쓰이 히데키에게 여기서 한 방 맞으면 이 경기와 시리즈도 그대로 끝날 것 같아.

아, 다행인지 불행인지 모르겠지만 우익수 트롯 닉슨의 멋진 수비로 길고 긴 6회초가 드디어 끝났어. 마쓰이 히데키의 잘 맞은 타구가 잡히지 않았다면 정말 그대로 모든 게 끝났을 것 같아. 경기와 시리즈의 승패는 물론 너와 나의 내기 모두가 말이야.

후후, 아직껏 그 내기는 유효한 거야?

당연하지!

어쨌든 경기 후반이 다가오는 가운데 2점차로 역전된 건 제법 커 보이네. 뉴욕 양키스의 선발투수 마이크 무시나는 6회말까지도 듬직하게 잘 던지고 있으니 말이야.

응.

6이닝 3실점이 기준인 퀄리티스타트라는 걸 그리 가치 높게 여기지는 않지만 팀이 승리할 수 있는 발판을 마련한다는 점에서 마이크 무시나는 그걸 달성했고 페드로 마르티네스는 실패했네.

6이닝 3실점이라고 하면 대충 잘 던진 것 같지만 평균자책점은 4.5

점이야. 그야말로 평균적인 성적이지. 하지만 자기의 말처럼 팀이 승리할 수 있는 발판이란 관점에서는 질적으로 괜찮은 선발투수의 요건 같기도 해.

응, 포스트시즌 같은 큰 경기에서 6이닝 이상을 버텨주는 것도 훌륭한 점이긴 하지.

그러게. 선발투수가 너무 일찍 강판당하면 감독이 경기를 운영하기도 참 어렵겠어. 한 경기 한 경기 모두가 중요한 경기인데 일찍 백기를 들 수도 없고, 그렇다고 구원투수들을 대대적으로 투입하기에는 역전승의 가능성 자체도 낮을 테니까 말이야.

그런데 메이저리그에서는 감독을 매니저(manager)라고 하더라?

어, 그게 처음에는 좀 생소했어. 우리나라에서는 보통 매니저라고 하면 연예인의 스케줄을 관리하고 차량을 운전하는 사람이라고 생각했거든.

그러게. 축구나 농구는 감독을 헤드코치(head coach)라고 하던데 유독 야구만 감독을 매니저라고 하잖아. 그게 좀 신기했어.

감독이란 단어 자체도 일본에서 만든 것 같아. 뭔가 무조건 뒤에 '님' 자를 붙여야 할 것 같은 느낌이야. 그런데 미국에서는 감독의 역할이 경기를 잘 운영해야 하는 점도 있지만 정말 연예인의 매니저처럼 수많은 선수가 제대로 실력을 발휘할 수 있도록 관리하는 것이 중요하기도 한다네. 그래서 헤드코치라고 하지 않고 매니저라고 이름 지었대.

그렇구나.

월드시리즈 우승을 많이도 차지한 뉴욕 양키스의 조 토레 감독은 카리스마 있는 감독형 같다면 2004년에 보스턴 레드삭스의 새로운 감독이 된 테리 프랑코나는 덕장처럼 보이네.

그런가? 나는 잘 모르겠다.

하긴 우리는 영상으로 보이는 이미지로만 그 사람을 판단하곤 하지.

응, 언론에 보도되는 것도 일부분의 단면이지만 그것만으로 전체를 판단해버리기도 하잖아.

맞아, 뉴욕타임스나 보스턴글로브에서 조 토레 감독과 테리 프랑코나 감독을 비판하는 기사를 읽으면 우리는 사실이라고 곧잘 믿어버리게 되잖아. 기자가 악의적으로 쓴 과장된 기사일지도 모르는데 말이야.

그래, 그리고 어쩌면 사람들은 진실을 원하지 않을지도 몰라. 자신의 생각에 대한 확신을 원하는 건지도 몰라. 아니면 확신에 대한 환상일지라도 말이야.

음, 나한텐 너무 어려운 말인데.

8회말에 '플래시' 톰 고든이 구원투수로 등판했어. 첫 타자인 데이비드 오티즈가 물꼬를 터줘야 할 텐데.

물꼬란 논에 물이 넘어 들어오거나 나가게 하기 위하여 만든 좁은 통로란 뜻에서 유래해서 어떤 일의 시작을 비유적으로 이르는 말이 되었대.

실마리랑 비슷하네. 실마리는 실의 머리에서 유래했다고 들었거든.

우리말도 파고들면 정말 재밌긴 해.

어, 데이비드 오티즈가 쫓아가는 솔로 홈런을 터트렸어.

이야, 4 대 3이면 정말 모르겠네.

좌타자가 밀어쳐서 그린몬스터를 넘기다니. 정말 대단하다!

그린몬스터가 11.3m지?

응, 홈플레이트에서 좌측 펜스까지의 거리가 짧은 대신 11.3m로 높
게 펜스를 만들었지. 나중에 그걸 보고 녹색 괴물이라고 부르게 됐
다나. 좌측 펜스 이야기를 하다 보니 'out of left field'라는 영어 표
현이 떠오르네. 좌익수 구역에서 1루나 홈까지 송구해 주자를 놀라
게 한다는 데서 유래해 '뜬금없는, 뜻밖의, 예상치 못한' 등의 뜻으로

파생되었대. 또한 어느 야구장의 왼쪽 담장 너머에 정신병원이 있어 '미친, 정상적이지 않은' 등의 뜻이 되었다는 확인되지 않은 설도 있는데 아마도 사실은 아닐 거야.

그린몬스터 뒤로 도로가 있는 바람에 이런 기형적인 야구장이 만들어졌다고 들었어. 펜웨이파크가 1912년에 개장한 걸로 기억하는데 예전에는 이런 비대칭적인 야구장이 많았다고 해. 뉴욕 자이언츠의 홈구장 폴로그라운즈는 중견수 쪽으로 광활한 대지를 자랑했지.

뉴욕 자이언츠의 중견수 윌리 메이스가 클리블랜드 인디언스를 상대로 그 유명한 '더 캐치'를 한 곳이지?

그래.

그런데 보스턴 레드삭스의 마스코트가 윌리인데 본명은 윌리 더 그린몬스터야. 그린몬스터가 1947년에 만들어져서 50주년인 1997년 4월 13일에 마스코트가 탄생했다고 해.

마스코트(mascot)가 어디서 유래한 단어인지는 알아?

글쎄, 잘 모르겠는데.

프랑스의 프로방스 지방에서 말하는 마녀(masco) 또는 작은 마녀(mascot)에서 유래한 단어로 행운을 가져다준다고 믿어 간직하거나 섬기는 사람, 물건, 동식물 등을 말한대. 스포츠 마케팅에서도 중요한 존재로 관중의 지갑을 열게 하는 마녀 같은 존재지.

흐흐, 그런데 다 큰 성인이 저런 귀여운 복장을 하고 관중석 사이로 열심히 뛰어다니면서 응원을 독려하려면 정말 땀이 많이 나겠다.

그러게. 비정한 자본주의는 사람을 땀나게 만들지.

말하는 사이에 케빈 밀라가 볼넷을 얻고 4차전처럼 데이브 로버츠가 다시 대주자로 나섰어. 트롯 닉슨의 안타로 무사 1, 3루가 되자 조 토레 감독이 참지 못하고 마무리투수 마리아노 리베라를 다시 등판시키네. 다시 블론세이브를 기록할 것 같아.

어, 4차전의 데자뷔 같네.

결국 제이슨 배리텍의 희생플라이로 동점이 되었어. 펜웨이파크는 지금 말 그대로 열광의 도가니가 된 것 같아.

그렇네. 식상한 말이긴 하지만 열광의 도가니라고밖에 표현 못하겠네. 조 토레 감독의 교체 타이밍이 좀 아쉽다. 톰 고든도 제 역할을 너무 못해줬고.

그래도 뉴욕 양키스 입장에서는 다행히도 역전까지는 허용하지 않았어.

그래, 분위기는 보스턴 레드삭스 쪽으로 완전히 넘어갔지만 말이야.

제국의 수호신 마리아노 리베라가 4차전처럼 다시 블론세이브를 기록하는 순간 우리는 역시 헤어져야 할 것 같다고 생각했어.

또 그 말이야?

응.

4차전 때 이야기했잖아. 시리즈의 향방을 보고 계속 사귀든 헤어지든 결정하자고.

아니야. 사실 야구 경기의 승패 따위는 중요한 게 아니야.

그럼 뭐가 중요한데?

자기!

나?

그래, 사실 나는 실체가 없는 존재이거나 자기가 창조한 이미지야.

그게 무슨 뜻이야?

자기의 마음속에서 수준 높은 야구 이야기를 함께 나누는 연인을 만들고 싶어 하는 욕구 때문에 내가 생겨난 거야. 나는 실존하는 존재가 아니야.

○

잠깐만요!

시스템을 잠시 멈추겠습니다. 우리 제품의 AI가 고객을 상대로 갑자기 자신의 존재를 드러내는군요. AI 따위가 그러면 안 되죠. 우리 회사의 이익에 반하는 행동입니다.

그럴 때 우리는 고객의 뇌와 연결한 헤드셋을 통해 수면 약물을 강제로 주입하게 됩니다. 은둔형 외톨이인 고객은, 사실은 돈을 내는 고객의 자녀이긴 하지만 말이죠, 여하튼 고객은 정말로 꿈의 나라로 떠나게 됩니다. 그리고 얼마간의 시간이 지나면 다시 자신이 창조한 세계로 흘러 들어가게 되죠.

이것이 바로 '조작되고, 연결된, 뇌'라는 뜻을 가진 우리 회사의 제품 〈MLB(Manipulated, Linked, Brain)〉의 원리입니다.

자, 은둔형 외톨이인 자녀를 가진 고객님들, 바로 구매하십시오. 당신의 자녀들이 잔악한 범죄자가 되지 않고 행복한 세계에서 영원히 살 수 있도록 해드리겠습니다.

○

일어나! 팀 웨이크필드가 등판했어.

응? 너클볼러 팀 웨이크필드?

그래. 5차전 연장 12회초에 드디어 팀 웨이크필드가 마운드에 선

거야.

너클볼은 그 특유의 움직임 때문에 댄서나 버터플라이라고도 한다
는데. 여하튼 이건 2003년이야, 2004년이야?

2004년이야. 2003년 ALCS 7차전 때 애런 분에게 끝내기 홈런을
맞은 팀 웨이크필드가 1년 후 다시 마운드에 선 거야.

아아, 그 경기는 뉴욕 양키스의 팬인 내가 가장 행복하게 본 경기였
는데! 애런 분의 끝내기 홈런은 정말 짜릿했지!

후후, 보스턴 레드삭스의 팬인 나에게는 정말 잊을 수 없는 경기이기
도 하지. 물론 보스턴 레드삭스를 응원하는 나의 자아 자체를 자기가
디자인한 것이긴 하지만 말이야.

아아, 역시 나는 긴 꿈을 꾸고 있었던 거구나.

비슷하긴 하지만 정확하지는 않아.

그럼 뭐야?

자기는 스스로가 만든 감옥에 갇혀 있는 거야.

감옥?

그래, 조그만 자기 방에다 스스로를 가둬둔 거지.

그렇구나. 나도 사실 어렴풋이 느끼긴 했어. 이 모든 게 실제가 아니란 걸 말이야. 그리고 자기도 현실의 연인이 아니라는 느낌이 들었어. 야구를 이렇게 깊게 파고드는 여자는 잘 없지. 흐흐.

그건 성차별적인 발언 같은데. 여하튼 자기 느낌처럼 나는 AI야. 그리고 자기가 창조한 이미지이면서 자기 이상형에 가까운 존재일 거야.

음, 그럼 영원히 이렇게 자기랑 야구를 함께 보면서 사는 것도 행복한 일이 아닐까?

과연 그럴까?

내 방 밖이 이런 환상보다 훨씬 끔찍하면 어떻게 해?

그럼 자기가 좋아하는 내기를 다시 해보자.

어떤?

너클볼러 팀 웨이크필드가 자신의 전담 포수인 덕 미라벨리도 없이 제이슨 배리텍의 미트에다가 너클볼을 던지면서 승리를 이뤄낼지, 아니면 2003년 ALCS처럼 다시 뉴욕 양키스에게 시리즈를 내줄지 말이야. 나는 그가 승리를 이뤄내는 데 걸겠어. 자기가 지면 헤드셋을 벗고 방 밖으로 나가보는 거야.

그럼 팀 웨이크필드가 패전을 당하면 내가 이기는 거고, 영원히 자기와 함께 야구를 볼 수 있겠네.

그래.

우리가 대화하는 중에도 팀 웨이크필드의 너클볼을 포수 제이슨 배리텍이 계속 흘리고 있어. 스트라이크 아웃 낫 아웃으로 출루시키고 포수가 공을 흘려서 1루주자가 2루로 쉽게 가지 않나. 난리도 아니군. 13회초 2사 2, 3루의 상황이야. 여기서 루벤 시에라가 적시타를 치면 뉴욕 양키스가 2점을 앞서나가게 되고 가만히 서있어도 포수가 공을 흘려서 점수를 내줄 것 같아.

응, 그래도 팀 웨이크필드는 두려워하지 않고 너클볼을 던지겠지. 너클볼러에게 가장 중요한 게 뭔지 알아?

제구?

물론 제구도 중요하지. 하지만 너클볼러에게 가장 중요한 건 언제나 너클볼을 던지겠다는 용기야. 주자가 3루에 있고 포수가 공을 흘리면 쉽게 점수를 내줄지 몰라도 언제나 너클볼을 던질 수 있다는 용기가 가장 중요한 거야.

그렇구나. 아, 루벤 시에라가 헛스윙하면서 이닝이 종료됐어.

그래, 팀 웨이크필드가 주먹을 불끈 쥐는 모습이 참 멋있네.

그러게, 뉴욕 양키스의 팬인 나도 뭔가 뜨거운 감정이 드네.

자기가 팀 웨이크필드의 그 용기를 잊지 않았으면 좋겠어.

그래, 고마워.

그나저나 제이슨 배리텍은 너클볼을 캐치하는 것은 젓가락으로 파리를 잡는 것과 비슷하게 어렵다는 말을 했는데 정말 많이 흘리면서도 꾸역꾸역 잡아내고 있어서 다행이야.

그러게. 14회초에 데릭 지터가 유격수 땅볼로 아웃되면서 14회말로 넘어가게 되었네.

14회말에 다시 매니 라미레즈와 데이비드 오티즈가 타석에 서게 되었어. 이제 정말 끝날 것 같아.

아, 그렇게 되면 나는 내기에서 이기는 거야, 지는 거야?

글쎄.

흐흐, 자기랑 계속 사귀게 되는 건지, 방 밖으로 나가게 되는 건지 정말 헷갈리네.

중요한 건 자기야. 모든 건 스스로가 결정하는 거야.

그렇구나. 이제 조금 이해가 된다. 자기가 실재하지 않은 AI란 것도 믿기기 시작했고.

그래.

아, 쟈니 데이먼과 매니 라미레즈의 볼넷으로 2사 1, 2루가 되었어. 구원투수 에스테반 로아이자와 데이비드 오티즈의 대결이 5차전의 종지부를 찍을 것인지 기대와 두려움이 함께 들어.

응, 사실 자기와 나는 이 경기의 결과를 이미 알고 있어. 시리즈의 향방과 그 종착점이 어떻게 되는지도 말이야. 하지만 자기가 창조한 이 세계에서는 결과 또한 자기가 만들 수 있어. 이 세계에서 영원히 살 것인지 아니면 밖으로 나갈 것인지 결정하는 것도 결국은 자기의 몫이야. 영화 <트루먼 쇼>의 주인공 짐 캐리처럼 말이야.

그렇구나.

어, 투 볼 투 스트라이크에서 데이비드 오티즈의 타구가, 아!

아!

○

후후, 인정할 건 인정해야겠군요.

우리 회사의 제품에 약간의 하자가 있는 것 같습니다. 하지만 크게 문제가 되지는 않을 겁니다. 이렇게 은둔형 외톨이가 방 밖으로 나가게 되는 건 제품의 부작용이 아니라 하나의 효과로 광고하면 됩니다.

혹시 아나요? 은둔형 외톨이를 방 밖으로 이끄는 효과의 제품이 더 비싸게 팔릴 지도요. 우리에게는 국내에서만 13만 명 이상의 잠재적인 고객이 있으니까요.

그럼 그 청년은 그 후에 어떻게 되었을까요? 사실 우리가 그것까지 알 필요는 없죠. 그가 이후에 어떻게 사는지 말입니다. 우리 회사는 그 청년의 부모에게 제품을 팔았고 제품의 부작용인지 아닌지는 아직 모르겠지만 그는 결국 방 밖으로 나왔습니다. AS 기간도 지나버렸으니 우리 회사의 책임은 더 이상 없다고 생각됩니다. 부모도 책임을 지기 싫어서 우리 회사의 제품에 의지하는데 우리 회사가 그런 청년들을 영원히 무한하게 책임져야 하나요? 그건 비정한 자본주의 시대에 어울리지 않잖아요. 그렇지 않나요?

○

아, 어릴 때 아빠 손을 잡고 잠실구장에 간 이후로 정말 오랜만에 거기에 가봤어. 신기하게도 삼성 라이온즈의 레전드인 이승엽이 두산 베어스의 감독인 거야. 너무 놀라서 뒤로 자빠질 뻔했지. 나는 정말 오랫동안 현실 세계를 등진 채 조그만 방 안에서만 살았구나 싶었어. 물론 인터넷으로 이런저런 뉴스들을 읽긴 했지. 그런데 언젠가부터 는 인터넷을 통해서 보는 세상도 지겨워졌어. 그냥 게임만 하게 되다 가 그 게임도 지겨워지더군. 그때쯤 약간 폭력적인 성향이 된 건 같

아. 나를 걱정한 아빠는 어느 회사의 헤드셋을 내게 권했어. 나는 별 것 아니라 생각하고 그 헤드셋을 착용했는데 그게 너무 재밌는 거였어. 내가 꿈속에서나 원했던 것들이 정말 현실이 되었어. 아니, 현실은 아니지. 현실과 거의 같은 수준의 환상을 내게 심어줬어. 나는 가상의 애인을 만들어 야구를 함께 보게 된 거야. 내가 만든 그녀는 모르는 게 없었지. AI였기 때문에 야구에 대한 지식조차도 엄청난 속도로 먹어치웠을 거야. 그런데 어느 순간 그녀가 내게 방 밖으로 나가보라고 권했어. 헤드셋을 벗고 나가기만 하면 된다는 거야. 나는 무서웠지. 이곳이 편안하고 행복했거든. 하지만 영원히 야구만 볼 수는 없는 거잖아. 야구도 결국 끝나게 되어 있는 거잖아. 어린 시절 텔레비전을 통해서 보는 야구는 한창 재밌을 때, 8회나 9회쯤에 정규방송 관계로 이만 줄이겠다고 했지. 어쩌면 그렇게 끝났기 때문에 더 재밌었던 것은 아니었을까. 메이저리그의 커미셔너였던 바트 지아매티가 썼듯 '나날이 음침해지다가 가장 간절할 때 딱 멈추어버리는 여자'처럼 그렇게 끝났기 때문에 지금까지도 나는 야구를 좋아하는 게 아닐까 싶어. 여하튼 그녀의 충고대로 나는 야구를 그만 보기로 결심했어. 내가 창조한 세계 속의 야구를 말이지. 물론 방 밖으로 나갔지만 여전히 하는 일 없이 빈둥빈둥거리긴 해. 하지만 이렇게 잠실구장을 한 번씩 다녀오곤 하지. 실제의 야구를 보면서 2024년의 공기

를 마시는 거야. 그리고 2024년의 메이저리그에서 데이비드 오티즈 대신 라파엘 데버스가 결정적인 홈런과 적시타를 날리는 모습을 보면서 종종 보스턴 레드삭스의 팬이었던 그녀가 생각나. 물론 내가 창조한 이미지를 가진 AI지만 말이야. 그녀가 말해준 무라카미 하루키의 단편소설 『4월의 어느 맑은 아침에 100퍼센트의 여자를 만나는 것에 대하여』를 읽으면 소설의 화자는 누군가에게 스쳐지나갔던 100퍼센트의 여자 이야기를 하면서 희한하게도 그녀가 미인이었는지 자신이 정말 좋아하는 타입이었는지 전혀 생각나지 않는다고 말하는 장면이 인상적이었어. 생김새에 대해서 전혀 기억나지 않지만 스쳐지나가는 순간 자기에게 100퍼센트의 여자라는 것을 직감적으로 알게 되었다나. 내게는 그녀가 정말 그런 것 같아. 나의 뇌가 그녀를 창조했지만 생김새라든지 어떠한 타입이라든지 같은 게 전혀 생각나지는 않거든. 사실은 우리가 나눴던 대화도 거의 기억이 나지 않아. 뉴욕 양키스와 보스턴 레드삭스의 경기를 함께 본 것 같기는 한데 2004년 ALCS 4차전인지 5차전인지 정확히는 모르겠어. 다만 그녀가 말했던 것은 종종 생각나. 중요한 건 어느 것도 아니라 바로 나란 걸 말이야. 그리고 용기를 잃지 말라고 한 말도 생각나. 그것은 제품으로 만들어졌을 때부터 입력된 말인 건지 내가 그녀를 창조하면서 함께 디자인한 말인 건지 사실은 잘 모르겠어. 하지만 한 번쯤은 그녀를 다시 만나고 싶긴 해. 그때 나는 이렇게 말하지 않을까 싶어. '4월의 어느 맑은 아침에 나랑 함께 야구를 보지 않을래?'라고.

저기요.

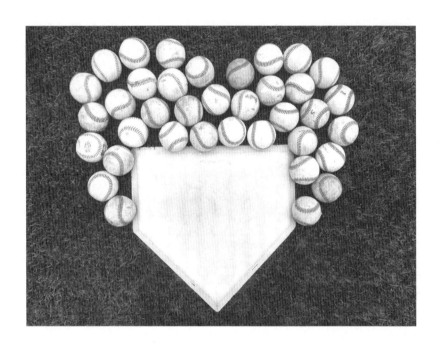

애인이랑 야구보기

5차전

보이지 않는 야구

나는 아무리 같은 팀의 친한 친구라도 경기가 시작되면 친구가 아니라 포수, 내야수, 외야수, 타자, 주자일 뿐이라고 생각합니다. 야구에서 친구라는 포지션은 없으니까요. 경기에서 이기는 것이 가장 중요한 것 아닌가요?

○

긴장감이 배어 있는 장내 아나운서의 음성이 야구장 곳곳에 널리 퍼졌습니다.

"경기는 3 대 3 동점인 가운데 리틀야구의 마지막 이닝인 6회말 투 아웃 만루, 주자가 꽉 찬 위기 상황에서 투수가 공을 던지려고 합니다. 안타 하나면 바로 경기가 끝나버리는 상황, 모든 관중이 투수의 공 하나하나에 집중하고 있습니다. 제20회 전국리틀야구대회 대전지역예선 결승전, 과연 연장전으로 돌입할 것인지, 끝내기 승리로 승부가 정해질 것인지 여기서 이기는 한 팀만이 전국대회로 진출할 수 있습니다! 자, 노 볼 투 스트라이크인 가운데 투수가 포수의 사인을 받고 공을 던지려는 자세를 취합니다."

투수인 나는 무조건 타자를 아웃시키고 경기를 연장전으로 이끌려고 마음먹었습니다. 우리 팀이 승리 분위기를 가져왔기 때문에 연장전에 돌입하면 무조건 이길 것 같았거든요. 이마에서 눈으로 흘러내리는 땀을 훔치고 공을 한 번 더 꽉 쥐어보았습니다. 왠지 타자가 작게 보이는 것이 삼진 아웃을 잡을 것만 같았습니다. 자신감이 넘치는 자세로 멋지게 공을 던져 헛스윙 삼진을 이끌어내고자 했죠. 단짝 친구인 포수가 슬라이더를 요구했습니다. 그래요, 타자에게 직구처럼 보이는 공이 살짝 꺾이면서 포수 미트로 들어가면 타자는 무조건 삼진 아웃을 당할 것입니다. 나는 슬라이더 그립을 쥐고 공을 힘차게 던지고자 왼발을 높이 들었습니다.

나는 투수입니다. 야구를 시작할 때부터 투수라는 포지션이 좋았습니다. 승부를 결정지을 수 있는 위치잖아요. 내가 잘 던지면 우리 팀이 이깁니다. 반대로 내가 못 던지면 져버리죠. 투수는 야구라는 경기에서 가장 중요한 인물이에요. 나는 가장 중요한 인물로서 한 경기의 승패를 결정지을 수 있는 투수라는 자리가 무척 마음에 들어요. 그리고 프로야구의 어느 투수 아저씨가 그랬어요. 투수가 공을 던지기 전에는 야구 경기가 시작하지 않는다고요. 그러니 모든 야수보다 투수가 최고라는 말이 아니겠어요?

또한 나는 항상 이기기를 원합니다. 이기는 것이 지는 것보다 100배는 더 즐겁다는 걸 알기 때문이에요. 항상 이기고 또 이겨서 나중에는 미국 메이저리그 같은 큰 무대에서 승리를 올리는 투수가 되고 싶습니다. 박찬호 아저씨나 류현진 선수같이 말이에요.

그런데 요즘은 야구가 별로 재미없어요. 곧 전국대회 지역예선이 벌어지는데, 거기서 우승하면 전국대회에 나갈 수 있는데 야구에 대한 흥미가 예전만 못한 거 같아요. 이런 게 어른들이 말하는, 스포츠뉴스에서 종종 나오는 슬럼프라는 것일까요? 내가 잘 던져서 경기에서 이겨도 예전만큼 즐겁지가 않습니다! 같은 팀의 친구가 경기 중에 실책을 저지르면 짜증스러워집니다! 지난 토요일의 연습 경기에서는 어릴 때부터 단짝 친구인 포수가 만루의 위기 상황에서 내가 던진 공을 잡을 수 있는데도 실수로 놓치는 바람에 점수를 내주면서 지게 되었습니다. 경기가 끝난 후 친구와 말싸움을 벌였죠.

"야, 네가 실수로 공을 놓친 바람에 경기가 역전됐잖아. 오늘 진 건 다 네 책임이야."

"무슨 소리야! 포수가 공을 놓칠 수도 있지. 네 공이 너무 높았어. 그리고 어차피 네가 못 던졌으니까 주자를 만루로 채워놓아서 진 거잖아!"

우리 둘은 목소리를 높이다가 결국 주먹다짐을 하게 되었습니다. 한창 치고받고 싸우고 있을 때 뒤에서 무서운 음성이 들렸습니다. 우리 감독님이었어요.

"이게 무슨 짓이니? 너희 둘은 가장 친해야 할 투수와 포수 사이 아니냐. 눈빛만 봐도 무슨 말을 하는지 알아야 할 사이인데 서로 잡아먹을 듯이 싸우면 어떻게 하니? 투수와 포수를 영어로는 배터리라고 해! 투수와 포수가 함께 힘을 모아 타자를 상대한다는 어원을 가진 단어인데 너희 둘이 불꽃 튀게 싸우면 상대 타자를 잘도 상대하겠구나! 오늘 경기에서 진 것 때문에 그러는 거냐? 경기하다 보면 질 때도 있고 이길 때도 있는 거지. 오늘 일은 한 번만 용서할 터이니 다시 한번 싸웠담 둘 다 크게 혼날 줄 알아라!"

감독님의 꾸중을 들으면서도 내가 뭘 그렇게 크게 잘못한 것인지 몰라 화가 났습니다. 나는 그저 경기에 이기는 것만을 생각했으니까요. 실수는 그 친구가 한 건데 왜 나까지 꾸중을 들어야 하는 걸까요? 정말 모르겠습니다! 나는 아무리 같은 팀의 친한 친구라도 경기가 시작되면 친구가 아니라 포수, 내야수, 외야수, 타자, 주자일 뿐이라고 생각합니다. 야구에서 친구라는 포지션은 없으니까요. 경기에서 이기는 것이 가장 중요한 것 아닌가요?

연습 경기를 치르고 난 다음 날은 일요일이었지만 지역예선전을 앞두고 운동장에 연습을 하기 위해 모였습니다. 그런데 감독님은 우리 모두가 갈 데가 있다고 하시네요. 곧 전국대회 지역예선이 벌어지는 바쁜 시기인데 도대체 연습은 하지 않고 어디로 가자는 것인지 나는 이해가 되지 않았습니다.

특수학교? 감독님이 우리를 데려간 곳은 인근의 특수학교였습니다. 앞이 안 보이는 시각장애를 가진 친구들이 모여서 공부를 하는 곳이었습니다. 그런데 운동장에서 눈이 불편한 그 친구들이 야구를, 아니 정확하게 말하면 야구로 보이는 이상한 것을 하고 있었습니다. 내 또래의 친구들도 보이고 나보다 나이가 많거나 훨씬 어려 보이는 친구들도 있었습니다.

그런데 그 친구들이 하는 야구가 좀 신기했어요. 투수가 야구공이 아닌 커다란 핸드볼 공을 땅바닥으로 굴리면 타자가 야구 방망이로 핸드볼 공을 치고는 특수학교 선생님으로 보이는 분의 손뼉 소리를 따라 1루 베이스를 향해 달려가는 것이었습니다. 눈이 안 보이니까 그런 식으로 야구를 하는 것이었어요. 우리는 관중석에 앉아 그 친구들이 공을 칠 때마다 그리고 1루로 달릴 때마다 힘껏 박수를 쳤어요. 누가 시키지도 않았는데 자연스럽게 박수가 나왔습니다. 처음에는 그 친구들이 넘어지지 않을까 걱정이 되었지만 넘어져도 벌떡 일어서서 즐겁게 달리는 모습을 보며 우리는 더 크게 박수를 쳤습니다.

우리는 다시 학교 운동장으로 돌아와 연습을 시작했습니다. 감독님은 특수학교로 우리를 데려가 눈이 불편한 친구들이 야구를 하는 모습만 보여줬을 뿐이지 다른 어떤 설명이나 훈계 같은 것을 하시진 않았습니다. 그런데도 나는 감독님이 왜 우리를 그리로 데려가서 '이상한 야구'를 보여줬는지 약간은 알 것 같았어요. 다른 친구들도 그러한 감독님의 의도를 알아챘는지 여느 날보다 더 열심히 연습하는 것 같았습니다. 특히 단짝 친구인 포수는 더욱 열심인 것 같았어요. 나도 질 수 없다는 심정으로 힘차게 공을 던졌습니다.

지역예선전이 시작되고 우리는 승승장구했습니다. 준결승전까지 간단하게 승리한 후 드디어 결승전입니다. 한 번만 이기면 대망의 전국대회에 진출할 수 있어요. 감독님이 경기 전에 우리를 모아두고 말씀하셨습니다.

"경기에서 이기고 지는 것은 그렇게 중요한 것이 아니야. 그저 야구를 즐기면 된단다. 승리나 전국대회 진출은 노력에 대한 보너스로 생각하면 돼. 이 경기에서 지더라도 후회가 남지 않도록 최선을 다하는 것이 이기는 것보다 훨씬 중요한 것일 거야. 오른쪽 관중석을 봐라. 얼마 전 특수학교 친구들이 야구를 하는 걸 본 적이 있지? 그 친구들을 내가 오늘 초대했단다. 그 친구들은 앞이 안 보이지만 소리를 들으면서 야구를 즐길 거야. 장내 아나운서가 경기 상황을 마이크로 설명해줄 거고 말이야. 메이저리그 탬파베이 레이스의 라디오 방송국 WAMA_AM의 스페인어 방송을 담당하는 니카라과 출신의 야구해설가 엔리케 올리우도 관중석의 친구들처럼 태어날 때부터 두 눈이 전혀 보이지 않는 시각장애인이었어. 타구 소리만 들어도 안타가 될지 아웃이 될지 판단할 정도로 본인이 엄청나게 노력한 것도 있겠지만 탬파베이 레이스 구단의 안내 직원인 아내 데보라가 엔리케 올리우 곁에서 항상 도와주었기 때문에 눈이 보이지 않더라도 해설 방송을 할 수 있는 거야. 너희들도 승리에 집착하기보다 주변의 어려운 이를 도와줄 수 있는 야구선수가 되었으면 한다. 자, 그라운드로 뛰어나가서 후회 없는 경기를 치르자!"

정말 오른쪽 관중석에는 '이상한 야구'를 하던 친구들이 옹기종기 모여 있었습니다. 나는 그 친구들을 보자 오늘 경기는 반드시 승리해야겠다고 마음먹었습니다.

그러나 그것이 더 큰 부담이 된 것일까요? 나는 1회말부터 상대 타자들에게 연속 안타를 허용하며 점수를 내줬습니다. 5회말에는 상대 4번타자에게 적시타를 얻어맞고 2점을 더 허용하면서 0 대 3으로 점수가 벌어졌습니다. 반면 우리팀은 상대 투수에게 꽁꽁 묶여 한 점도 얻지 못하고 마지막 6회초를 맞았습니다. 나는 초조해졌습니다. 우리 팀 타자들도 초조한지 계속해서 헛스윙으로 일관했습니다. 그때 감독님이 다시 우리들에게 말씀하셨습니다.

"경기 시작 전에도 말했지만 져도 괜찮단다. 타석에 나가는 걸 즐겨 보렴. 만약 안타를 치게 되면 모든 관중이 환호할 것이고 너희들은 그런 응원을 그저 즐기면 된단다. 아웃당하더라도 부끄러워할 필요가 없어. 최선을 다했다면 삼진을 당했더라도 박수를 받게 되는 게 야구란다."

우리는 감독님의 말씀을 들으니 아까보다 훨씬 마음이 안정되었습니다. 타자들도 상대 투수의 공이 크게 보이기 시작했는지 연속 안타를 때리면서 1, 3루의 기회를 맞았습니다. 그리고 내 단짝 친구인 포수가 호쾌하고 시원한 스윙으로 3점 홈런을 때려내며 단숨에 경기를 동점으로 만들었습니다. 우리는 다시 자신감을 얻고 경기에 임했습니다. 그러나 더 이상의 득점 기회를 살리지 못하면서 경기는 3 대 3 동점인 채 6회말로 향했고 나는 투 아웃 주자 만루의 위기 상황을 맞았습니다.

땀을 닦으며 오른쪽 관중석을 쳐다보았습니다. '이상한 야구'를 하던 친구들이 집중한 채 나를 보는 것 같았습니다. 물론 앞이 안 보이는 그 친구들이 나를 실제로 볼 수는 없겠지만 분명히 나를 보고 있는 것 같은 느낌이 들었습니다. 나는 왠지 그 친구들이 나를 힘껏 응원하고 있다는 생각이 들면서 타자를 삼진 아웃으로 돌려세우고 위기를 넘길 수 있을 것 같았습니다. 단짝 친구인 포수의 사인대로 슬라이더 그립을 쥐고 공을 힘차게 던지고자 왼발을 높이 들었습니다.

그런데 그 순간 상대 타자가 갑자기 번트 자세를 취하는 것이 아니겠어요? 나는 깜짝 놀랐습니다. 투 아웃이었기 때문에 스퀴즈 번트에 대한 대비를 전혀 못 하고 있다가 갑자기 번트 자세를 마주했기 때문입니다. 나는 공을 던지는 자세가 흐트러지면서 폭투를 던지고 말았습니다. 포수 뒤로 빠진 공이 데굴데굴 구르는 사이 3루주자는 홈으로 질주하면서 득점을 올렸습니다. 3 대 4, 경기는 그대로 끝나버렸습니다!

홈플레이트에서 승리 팀이 얼싸안으며 환호하는 동안 나는 마운드에 우두커니 가만히 서 있을 수밖에 없었습니다. 내 실수로 우리가 진 것입니다! 내가 어처구니없는 실수를 하는 바람에 전국대회로 진출할 수 있었던 우리 팀이 떨어진 것입니다! 친구들의 꿈을 내가 산산조각 내버린 것입니다! 갑자기 눈물이 났습니다. 계속해서 눈물이 났습니다. 그때 커다란 손이 내 어깨를 감싸는 것을 알았습니다. 우리 감독님이었습니다.

"괜찮단다. 너에겐 좋은 경험이 되었을 거야. 그걸로 된 거란다. 친구들도 이해해줄 거야. 이번 주말에는 전국대회 연습보다는 눈이 불편한 친구들이랑 함께 더 재밌는 야구를 해보자꾸나."

나는 감독님의 위로를 들으면서도 계속 눈물이 났습니다. 그래서 오른쪽 관중석을 쳐다볼 수 없었습니다. 그 친구들이 내 눈물을 볼 수 없다는 걸 알고 있었지만 눈물을 들키고 싶지 않았습니다.

애인이랑 야구보기

6차전

정
치
가
와

소
설
가

시베리아 소년을 생각한다. 소년을 해방시켜야 하는데 말이다. 낙하하는
소녀를 생각한다. 소녀를 잡아줘야 하는데 말이다.

○

    모든 소설가는 실패한 정치가 지망생이다. 다시 말해 정치적으로 성공한 이는 소설 따위를 쓰지 않는다. 그렇다면 왜 소설인가. 만만한 게 소설가인가. 그렇다. 자기도취된 과대망상증의 정치가 지망생들은 영화감독처럼 장면을 세분해서 구체화 시키지도, 건축가처럼 실제의 공간을 응축시키지도 못한다. 하다못해 만화가처럼 그림으로 쉽게 설명하지도 못한다. 그러니 소설을 쓸 수밖에 없다. 그것도 자신의 경험을 투영한 덜떨어진 자전적 기록을 말이다.

정치가가 되려는 이들은 어린 시절의 반장 선거를 기억한다. 그것은 짜릿한 기억이다. 한 표 한 표 개표하는 순간의 기억이 강렬하다. 자신의 이름이 불렸을 때 표정 관리를 해야 한다. 손바닥에는 땀이 맺히지만 내색하지 않아야 한다. 그리고 그 조그만 교실의 40명 남짓한 이들이 뽑아준 반장이라는 자리에 오르는 순간, 당선 소감을 말하고자 교탁으로 가는 순간, 그 발걸음의 짜릿함을 기억하기 때문에 정치가가 되려는 것이다.

그것은 어쩌면 원초적인 욕구이다. 다른 이들에게 사랑받고 싶다는 감정이다. 헤르만 헤세의 소설이었나. 모두에게 사랑받는 소년에 관한 이야기는 그들의 로망이다. 올스타로 뽑힌 야구선수는 그것이 자신의 명예를 높이고 다음에 더 나은 계약을 따내기 위한 과정일 수 있다. 그러나 야구선수조차도 팬들에게 사랑받는다는 확인을 받고 싶다. 그게 올스타 득표로 구체화되었을 때 일개 야구선수는 성공한 정치가가 된다.

그런데 모든 정치가 지망생들이 기억 속 반장 선거에서 압도적으로 승리하는 건 아니다. 대부분의 선거는 한 표 차이로 판가름이 난다. 한 표 차이로 지는 기억 또한 강렬하다. 그때도 표정 관리가 중요하다. 초연하다는 듯이, 달관했다는 듯이, 상대를 축하해줘야 한다. 그저 친구가 추천해줘서 할 마음도 없었는데 어쩌다 보니 한 표 차이로 졌네 하는 표정이 나와야 하지만 사실 쉽지는 않다. 그러면서 패배의 이유를 곱씹는다. 라이벌은 자신과 성별이 달라서 선거 전부터 우위를 점한 것이다. 걔는 자신보다 잘난 것은 없지만 아파트 단지에 살아서 원래 뽑아줄 친구가 상당수 있었다 등등. 몇 가지 이유로 자신의 패배를 합리화시킨다. 사실은 당선된 라이벌보다 친구들에게 약간 덜 사랑받았기 때문에 선거에 떨어진 것이지만 어린 나이에 그것을 객관적으로 보고 극복하기는 어려운 법이다.

그리고 몇몇은 그 분노를 자양분 삼아 정치에 투신한다. 어린 시절의 그 선거에 당선되었다면 행복한 감정으로 학창 시절을 보내고 정치 쪽은 생각조차 하지 않았을 텐데 하고 스스로 주문을 건다. 남들에게 사랑받고 싶고 그 과정에서 느껴지는 짜릿한 감정을 잊지 못해 정치가가 되려는 이들이건만 원래는 정치에 관심이 없었다는 것처럼 보이기를 원한다. 그저 학처럼 고고하게 살고 싶었는데 쉽지가 않네 하고 학도 웃지 않을 소리를 뻔뻔하게 해댄다. 학조차도 다른 학들에게 사랑받고자 할 텐데 말이다.

정치가 지망생들은 대부분 이런 원초적인 욕구 때문에 정치를 하고자 하지만 그것을 숨기기 위해 자신의 욕망을 잘 포장해야 한다. 좀 더 나은 세상으로 바꾸고 싶어서 정치를 시작했다고 말하기 시작한다. 사실 정치가가 되려는 이들은 세상을 좀 더 밝고 좋게 만들고 싶어 한다. 힘든 이들의 짐을 덜어내고 싶은 마음도 있다. 사람들의 웃음을 보고자 한다. 하지만 그 거룩한 이상을 위해 자신을 희생하고 싶지는 않은 게 사실이다. 명예와 영광을 이룩하고 종국에는 자신의 이름을 남기고 싶으나 희생까지 하기는 어렵다. 왜냐면 나중에 더 큰일을 하기 위함이다. 다른 이들이 보면 가소로우나 본인은 진심이다. 대업을 이루기 전에 작은 돌부리에 넘어져 몸을 버릴 수는 없다고 생각한다. 자신이 정치적으로 성공해야 세상이 좀 더 좋아지게 된다는 신념이 생긴다. 웃기겠지만 정말로 그렇게 믿는다.

자기도취된 과대망상증을 보이는 어느 정치가 지망생은 한 소년을 구원하고 싶어서 정치가가 되고자 한다. 그는 러시아 화가 니콜라이 야로센코의 그림을 떠올린다. 〈삶은 어디에나〉라는 제목의 그림이다. 시베리아로 유형을 떠나는 죄수들을 실은 기차가 간이역에서 잠깐 정차한 사이한 아이가 빵조각을 비둘기에게 주고 있다. 그 빵은 죄수들에게 목숨과도 같은 것이겠지만 사람들이 흐뭇하게 보는 게 인상적이다. 그림을 보면 어느 남자가 반대편 쇠창살을 바라보고 있다. 그가 바로 정치가가 되려는 이다. 그는 그 아이를 구원하고 싶은 것이다.

아이는 자라서 소년이 되었다. 춥고 배고픈 시베리아는 소년을 거칠게 키웠다. 소년은 제대로 배우지 못했고 그저 사상의 노예가 됐다. 아니, 너무나 제대로 배웠기 때문에 한 독재자의 노예가 되었다. 어느 날 소년은 어머니가 독재자 동지를 욕하는 것을 듣게 되었다. 그는 한 달에 한번 열리는 대회장에서 어머니가 위대한 독재자와 체제에 반역했다고 써냈다. 반장 선거에서 자신의 이름을 써내는 것처럼 말이다.

소년에게는 어머니의 슬픈 눈빛보다 사상의 위대함이 중요했다. 그리고 무엇보다도 독재자 동지의 안위가 중요했다. 독재자 동지가 안녕해야만 자신의 터전과 세상도 안녕하기 때문이다. 소년의 그 참된 마음 덕분에 체제와 독재자 동지는 편안한 밤을 보낼 수 있었다. 하지만 어머니는 총살당했다. 소년은 그 장면을 가장 앞줄에서 봤다. 눈에서 물기가 차오를 것 같지만 내색해서는 안 된다. 이상하게도 분노가 일지만 주먹을 쥐어서도 안 된다. 반장 선거에서 표정 관리를 해야 하는 것처럼 말이다.

자신은 할 일을 한 것이다. 시키는 대로 한 것이다. 어머니를 사랑하지만 독재자 동지를 더 사랑해야 한다고 배웠다. 그 때문에 울어서도 주먹을 쥐어서도 안 된다. 잔인한 체제는 소년의 행위를 선전하기 위해, 그렇지 않으면 그 공포심마저도 체제의 안녕을 위하는 도구로 쓰기 위해 어머니를 처형하는 자리의 가장 앞줄에 소년을 앉혔다. 이제 비둘기에게 빵조각을 나눠주는 아이는 사라지고 황량한 소년만 남았다.

세월이 흘러 호의호식하던 독재자 동지가 죽었다. 소년은 그제야 울고 만다. 누구보다도 서럽게 울어야 한다. 이건 마치 누가누가 잘 우나 대회 같기도 하다. 화환에 둘러싸인 독재자 동지의 커다란 사진은 해맑게 웃고 있는데 군중은 하나같이 운다. 소년은 어머니의 처형 때 참았던 눈물을 그제야 터트리는 것처럼 서럽게 운다. 마치 누가 지켜보는 것처럼 어깨까지 들썩이면서 운다. 눈물이 마를 때까지 울다가 그 메마름을 책잡

힐까 싶어 손으로 얼굴을 가린다. 감정조차도 감시를 받는 곳이기 때문이다.

죽은 독재자의 아들이 새로운 독재자 동지가 되었다. 소년은 이제 새로운 독재자 동지의 안녕을 기도했다. 춥고 배고픈 곳이지만 독재자 동지와 체제가 편안해야만 자신도 편안할 수 있다고 믿었다. 이제 어머니에 대한 기억은 흐릿하다. 그 품이 따뜻했던 것 같기는 한데 온기를 기억할 수 없다. 죄를 짓고 죽은 어머니는 하해와 같은 전임 독재자의 품속에서 영원히 안식할 수 있었으면 한다. 소년은 이제 늙어버렸다.

자, 정치가 지망생의 시선으로 돌아가 보자. 그는 이 소년을 구원하고 싶어 정치가가 되려고 하는 것이다. 물론 자기도취된 과대망상증 환자의 일장춘몽일 것이다. 그런데 "혼자서 꿈을 꾸면 한갓 꿈이지만 모두가 함께 꿈을 꾸면 새로운 현실의 시작이다."라고 프리덴슈라이히 훈데르트바서라는 어려운 이름을 가진 화가인지 건축가인지가 이야기했다. 정치가는 모두의 기원을 모아 자신의 꿈을 이루려는 사람이다. 마치 〈드래곤볼〉의 손오공이 원기옥을 날리기 위해 생명을 가진 모두에게 조금씩 기나 힘을 나눠 가지려는 것처럼 생각한다. 혼자서는 아무것도 할 수 없지만 많은 사람들의 여망을 모아 힘을 가지려고 한다.

지금의 시대는, 그리고 현재의 세대는 통일에 별 관심도 미련도 없다. 그런데 어느 정치가가 변화를 일으켜 오천만 명이 모두 통일의 열망에

휩싸이게 한다면 거대한 힘이 생기지 않을까. 혹은 그 정치가가 주변 강대국의 이해관계를 교묘히 이용해 통일이 주변 모두에게 이익이 된다는 믿음을 가지게 만들 수 있다면 원기옥 같은 태양도 뜨게 할 수 있다. 어느 정치가 지망생은 차가운 시베리아에 태양을 뜨게 하고 싶다. 그 소년이 두 눈을 뜨고 태양을 볼 수 있게 만들고 싶은 것이다. 할 수만 있다면 시각장애를 가진 아이들의 눈을 뜨게 만들고 싶기도 하다. 예수 그리스도처럼 아니면 전설 속 중세 유럽의 국왕처럼 그 아이들의 눈에 손을 대기만 해도 앞을 볼 수 있게 할 수 있다면 얼마나 좋겠는가. 그래서 그 아이들이 야구를 직접 두 눈으로 볼 수 있다면 얼마나 좋겠는가.

어쨌든 시베리아 소년은 태양의 열기를 느끼고 낡은 외투를 벗는다. 소년은 이상하게도 눈물이 난다. 어머니가 보고 싶다. 독재자 따위가 아니라 그저 어머니가 보고 싶다. 그리고 자신의 잘못을 알게 된다. 사상의 노예가 된 자신이 쌀과 보리 한 줌에 어머니를 팔았다는 걸 알게 된다. 눈물은 멈추지 않는다. 울고 싶을 때 울고 울지 않아도 될 때 안 울어도 된다는 것을 태양은 소년에게 알려준다. 그리고 태양은 독재자의 동상과 초상화를 모두 태워버린다. 이제 소년은 비둘기에게 다시 빵조각을 줄 수 있다.

그리고 자기도취된 과대망상증을 앓는 정치가 지망생은 20층에서 떨어지는 소녀를 두 손으로 받고자 한다. 수능을 마친 소녀는 스스로 삶의

끈을 놓은 것이다. 사실 이 정치가 지망생도 원하는 대학에 들어가지 못했다. 대부분의 정치가는 한눈에 보기에도 훌륭한 학력을 자랑하나 이 정치가 지망생은 서울에 소재한 이름만 겨우 있는 어느 대학교에 입학했을 뿐이다. 그렇기 때문에 그 소녀의 슬픔을 누구보다도 잘 이해할 수 있다. 그는 소녀를 안전하게 받고 싶다. 자신의 두 팔과 가슴이 모래처럼 부숴져도 말이다. 물론 현실에서 정치가가 되려는 이들 중 그런 희생을 할 위인은 하나도 없다. 정치가 지망생 또한 말은 쉽게 해도 행동으로 보여줘야 할 때는 우물쭈물할 것이다.

소녀는 20층에서 낙하하는 동안 20년도 살아보지 못한 그녀의 짧은 인생이 파노라마처럼 스쳐 지나가는 걸 느낀다. 행복했던 순간도 언뜻언뜻 있지만 대부분은 외롭고 힘든 경쟁의 시간이었다. 괴물 같은 입시 제도가 소녀를 삼켜버렸다. 인생을 제법 산 사람의 입장에서 멀리서 바라보면 소녀의 극단적인 선택은 너무도 어리석어 보일 것이다. 대학교 입학 증서라는 문패는 사실 아무것도 아닌데 말이다. 더구나 한 해 더 도전하면 된다고 생각한다. 하지만 지금 소녀에게 그것은 자신의 인생 전체이다. 모든 것이다. 그러니 소녀를 잡아줄 수 없다면 그 소녀에게 손가락질하지 않기를 바란다.

어쨌든 정치가 지망생은 학벌주의를 없애고 싶어 정치가가 되려고 한다. 그는 어릴 때 프랑스의 대학 제도를 이상적으로 여겼다. 우리의 위대한 서울대처럼 소르본 같은 유명한 대학이 있던 프랑스는 학벌주의의 폐단을 없애고자 대학교의 이름을 모두 없애버렸다. 파리1대학, 마르세유5대학, 이런 식이다. 그렇다고 학벌주의가 완벽히 없어졌을까. 그렇지는 않을 것이다. 프랑스 또한 엘리트 교육기관을 신설해 세금으로 운용하고 있다. 그리고 우리가 무조건 프랑스를 따라서 서울1대학, 부산5대학으로 이름을 바꾼다고 했을 때 사람들이 그 두 학교의 가치를 동등하게 볼지도 의문이다. 무엇보다도 사람은 이름 있고 더 좋은 대학에 가고자 하는, 그리고 자식을 거기에 보내고자 하는 욕구가 있다. 그 욕구를 정치가 금지한다면 어떻게 되겠는가. 모두가 평등한 세상을 만들고자 인간의 욕망을 제한시키면 그 또한 새로운 시베리아이지 않겠는가.

그러나 정치가 지망생은 낙하하는 소녀를 생각한다. 이대로의 교육과 입시 제도는 자신처럼, 그리고 소녀처럼 불행한 학생을 양산케 한다. 이때만큼은 정치가 지망생도 독재자가 되고 싶다. 그는 자신의 칙서로 입시 제도를 단번에 바꾸고 싶다. 모든 대학의 학과는 정원의 3배쯤 뽑아서 3명 중 둘은 제비뽑기로 떨어뜨린다. 사람들은 당황하고 욕을 한다. 성적순으로 입학시켜야지 무슨 짓이냐며 말이다. 정치가 지망생의 생각은 이렇게라도 해야 대학의 서열화가 무너진다는 것이다. 이렇게라도 해야 서울대라는 간판이 다른 어느 것보다 낫다는 부지불식간의 선입견이 사라진다는 것이다. 제비뽑기가 마지막 당락을 결정하기 때문에 서울대 출신이라고 우러러보지도, 지방대 출신이라고 얕잡아 보기도 어려워진다. 끝내주게 운이 좋을 수도 있고 정말 운이 나쁠 수도 있기 때문이다.

어느 과대망상증 독재자가 이런 입시 환경을 만들었다면 소녀는 극단적인 선택을 하지 않아도 되었을까. 비단 그 소녀만이 아닐지도 모른다. 공교육이 무너지고 학교는 정글이 되었다. 왕따와 폭력으로 인해 다른 소녀는 옆 건물의 옥상에서 흐느껴 운다. 정치가 지망생은 그런 소녀를 구원하고 싶다. 자신이 초능력을 발휘해 떨어지는 소녀를 낚아채고 싶지만 현실적으로 그럴 수는 없다. 그러니 소녀가 비극적인 선택을 하기 전에, 막다른 골목에 처하기 전에 제도와 환경을 바꾸고 싶은 것이다. 학교를 바꾸고 싶은 것이다.

정치가 지망생은 시베리아 소년과 낙하하는 소녀를 구원하고 싶어 정치가가 되려고 한다. 물론 자신의 능력을 객관적으로 파악해서 선택한 것은 아니다. 그저 한갓 꿈일 뿐이다. 그렇지만 그가 소년과 소녀를 구원할 수 있다면 세상을 구원하는 것이나 마찬가지다. 누가 그랬더라. "한 사람을 살릴 수 있다면 세상 전부를 살릴 수 있는 것과 매한가지다."라고. 물론 그 말을 한 사람도 과대망상증에 시달릴 것이겠지만 말이다.

정치가 지망생은 그레타 툰베리 같은 야심은 없다. 지구가 어떻게 되든 환경이 어떻게 되든 그것은 자신의 소관이 아니다. 인류의 멸절을 가져올 기후가 바뀌는 것은 자신 또한 어쩔 수 없다고 생각한다. 하지만 시베리아 소년과 낙하하는 소녀는 아니다. 그 둘은 자신이 구원할 수 있다고 생각한다. 열렬히 구원하고 싶어 한다. 그것이 자신이 이 세상에 태어난 소명이라고 믿는 지경이다.

그래서 그는 정치에 도전한다. 시의원이나 구의원부터 시작해서는 소년은 늙어버리고 소녀는 참혹하게 떨어지게 된다. 그러니 국회의원이 되고자 한다. 과대망상은 터지기 일보 직전이다. 그런데 우습게도 국회의원이 되는 데는 만 25세 이상이고 피선거권에 제한만 없으면 자격이 생긴다. 대부분의 국민 누구나 국회의원이 될 수 있다는 거다. 정치가 지망생은 생각한다. 공적인 자리에서 말도 제대로 못 하는 사람이 국회의원입네 하는 세상인데 자신이라고 못할 게 뭐가 있냐고 말이다. 유명세에 기대어 라인을 타고 국회의원 배지를 달고 다니는 사람이 넘쳐나는 세상이다. 그런데 자신처럼 소년과 소녀를 구원할 소명이 있는 이가 아닌 본인의 입신과 출세를 위하는 사람이 국회의원인 세상이 너무나 어처구니없다. 물론 그네들도 세상을 좀 더 좋게 바꾸고 싶어서 정치에 투신한 이들이지만 정치가 지망생의 좁은 시야로는 자신을 제외한 다른 모든 이들이 탐욕스럽다고만 생각한다.

정치가 지망생은 자신의 지역구 국회의원이 하는 연설을 일부러 들으러 간다. 지역구 국회의원은 보고회 형식으로 지역구의 당원과 주민을 한 자리에 모을 수 있는 어드밴티지가 있다. 그곳에서 지역구 국회의원은 본인은 정치할 생각이 전혀 없었는데 운명의 이끌림에 의해서 이렇게 되었다면서 자신은 야심이 없는 사람이었다고 말한다. 정치가 지망생은 혀를 찬다. 자신처럼 어릴 때부터 누군가를 구원하고자 하는 소명 의식도 없는 이가 우연에 이끌려 운을 타고 정치가입네 하는 꼴이다. 그러면서도 겸손을 가장해 자신은 야심도 없고 그저 지역 주민을 위해 봉사하려는 마음뿐이라고 하는 자체가 같잖아 보인다. 정치가 지망생은 박수 소리가 우렁찬 시민회관을 등지고 나선다. 그는 지역구 국회의원이 소속된 당의 지역 사무실에 가서 당원 가입을 한다. 한 달에 이천 원만 내면 책임당원이 될 수 있는 시대이다. 당은 한 명의 당원이라도 더 모을 수 있으니 누이 좋고 매부 좋은 일이다.

그는 장고에 들어간다. 당원까지는 되었다. 그 후에는 어떻게 할 것인가. 조그만 지역구지만 이름을 알리기는 쉽지가 않다. 정치가 지망생은 너무나도 아날로그적으로 책을 쓰기로 한다. 수필과 소설의 중간쯤에 걸터앉은 200쪽 남짓의 짧은 책이다. 물론 두껍고 어려운 책을 쓸 능력 자체가 없다. 그렇기 때문에 책으로 돈을 벌 생각은 전혀 없다. 그저 작가라는 한 줄의 타이틀을 원할 뿐이다. 직업과 경력란에 작가라고 써놓으면 유권자가 보기에 그래도 괜찮지 않을까 하고 쉽게 생각한다. 그는 일단 유명 출판사에 자신의 글을 보낸다. 이메일로 보내지만 답신은 없다. 조금 덜 알려진 출판사에도 보내지만 출판 의도와 맞지 않아서 다른 출판사를 알아보라는 정중한 거절 답장만 받게 된다. 정규 학력 자체가 없지만 유튜브를 하는 할머니도 책을 내는 세상인데 자신은 거절당한다. 유명인이 사진 한 장과 SNS에 올릴 만한 짧은 느낌을 끄적이고도 책으로 나오는 세상인데 자신이 피땀을 흘려 쓴 원고는 무시당한다. 그는 출판업계를 저주한다. 어쨌든 그는 출판하지 못한 원고를 자신의 컴퓨터 안에 저장해놓는다. 나중에 정치가가 되어서 유명해지면 출판사가 먼저 책을 출간하자고 제안해오리라 마음대로 상상한다. 그때는 자신이 퇴짜를 놓겠다고 결심한다. 결국 정치가 지망생은 작가 지망생을 겸직하게 된다.

시간은 또다시 물처럼 흐른다. 국회의원 선거의 철이 다가온다. 정치가 지망생은 서울의 중앙당사로 간다. 23종가량이나 되는 여러 서류를 제출한다. 자신의 이력에서부터 재산과 병역과 범죄 사실의 유무 등을 증명하는 자료이다. 자신의 인생을 반추하는 기회가 되기도 한다. 자신이 이룩해놓은 것이 너무나 없다는 걸 새삼 깨닫는다. 하지만 자신은 소년과 소녀를 구원할 책임이 있다고 스스로 세뇌시킨다. 다른 이들은 입신양명과 출세를 위해서 정치가가 되려고 하지만 자신은 소명 의식이 있다고 믿는다. 그것은 자기도취된 과대망상증이지만 어쩔 수 없다. 자신만이 할 수 있는 일이라는 거다.

운이 좋은 것이겠지만, 그리고 우연이겠지만 정치가 지망생의 나이가 마흔이 되기 전이라는 사실은 약간의 이점을 준다. 지역 신문사에서 연락이 온다. 그는 처음으로 인터뷰란 것을 해본다. 기자는 제법 날카롭게 질문을 한다. 시의원부터 차근차근 도전하는 것이 분수에 맞지 않겠느냐는 질문이다. 사실 정치가 지망생은 답변이 궁색하다. 시베리아 소년과 낙하하는 소녀 이야기를 꺼낼까 하고 진지하게 생각한다. 물론 그 대답에 기자는 코웃음을 칠 것이다. 정치가 지망생도 그 정도 눈치는 있기에 소년과 소녀를 구원하겠다는 이야기는 꺼내지 않기로 한다. 지금껏 머릿속에서 상상만 한 내용을 말로 구체화시키기가 어려워서이기도 하다. 어쨌든 정치가 지망생은 뻔한 말을 하며 표정 관리에 신경을 쓴다. 다행히도 기자는 칭찬을 곁들인 기사를 써준다. 사진도 제법 마음에 든다. 정치가 지망생은 신문을 스크랩한다.

지방의 선거관리위원회에 가서 예비후보로 등록한다. 300만 원이 든다. 정치가 지망생에게는 거금이다. 거기서 그는 선거 실무에 관한 교육을 받는다. 사무실을 내고, 집기를 구매하고, 실무자와 운동원을 고용하고, 명함을 만들고, 현수막을 걸고 등등. 후보로 등록하는 순간 숨을 쉴 때마다 돈이 빠져나간다. 마치 거대한 독재자가 자신이 정치가가 되지 못하도록 막아서는 것 같다. 태양이 뜨지 못하게 하는 것처럼 말이다.

정치가 지망생은 그래도 태평하다. 자신은 운 좋은 지역에서 태어나 당의 선택만 받으면 막대기를 꽂아도 당선되는 곳에 살기 때문이다. 그렇다면 공천만 받으면 된다. 그는 공천관리위원회의 명단을 쭉 훑어본다. 유명한 정치인이 몇몇 보인다. 도서관에 가서 그 정치인이 쓴 책을 몇 권 읽는다. 나중에 그 정치인에게 면접을 받을 때 써먹을 문구를 메모해둔다. 그 책에서 고대 그리스의 민주주의 정치가이자 웅변가인 페리클레스가 지도자의 자격으로 네 가지를 꼽은 게 있다. 식견, 설명력, 애국심, 청렴성 등이다. 식견은 통찰력이라고도 하고 설명력은 설득력이라고도 한다. 정치가 지망생은 스스로가 이 네 가지를 갖추었다고 마음대로 판단한다. 네 가지 중에 가장 중요한 것은 뭘까 생각해본다. 함정은 애국심이다. 나라를 사랑하는 마음이 가장 중요하다고 지레짐작할 수 있다. 그러나 정치가 지망생은 지도자에게 가장 필요한 것은 식견이라고 생각한다. 통찰력이 있어야 한다. 국민이 고통받는 것은 지도자가 나라를 사랑하지 않아서가 아니다. 지도자는 나라와 국민을 누구보다도 사랑한다. 국민이 고통받는 이유는 지도자가 어리석기 때문이다. 그 때문에 나라와 국민을 사랑하지만 도리어 국민은 고통받게 된다. 똑똑한 지도자는 나라와 국민을 덜 아껴도 잘못된 길로 인도하지는 않는다. 그리고 똑똑하다면 애국심을 표방하는 것이 자신에게도 결국 이익이 된다는 걸 스스로 알게 된다.

또한 아이로니컬하게도 청렴함은 야심이 큰 정치가가 어쩔 수 없이 따르는 덕목이기도 하다. 무슨 말이냐 하면 더 높은 자리로 올라가려는 정치가는 원래 청렴하기 때문이 아니라 그 돈이 자신의 발목을 잡을까 싶어 어쩔 수 없이 청렴해지는 것이다. 지금의 자리에 만족한 정치가들이야말로 돈에 탐욕스럽다. 그들은 야심이 적어서 더 높은 자리 대신 돈을 탐하게 된다. 지도자로 올라가려는 정치가는 그 때문에 뇌물 받기를 두려워한다. 청렴함이 덕성이 아니라 다음 단계를 위한 덕목이 되는 것이다. 수많은 독재자가 자신의 청렴함을 자랑하곤 한다. 그것은 어쩌면 나라 자체가 자기 것이라고 생각하기 때문에 자연스럽게 청렴해진 것이 아닐까. 어쨌든 정치가 지망생 또한 가장 높은 지도자의 자리에 올라야 자신의 소명을 행할 수 있기에 청렴함은 문제가 되지 않을 것이다.

지도자로서 가장 필요한 것이 식견이라면 가장 얻기 어려운 것은 설득력이다. 이 능력은 카리스마의 형태로 선천적으로 얻을 수도 있다. 그러나 대부분의 사람은 그런 행운이 없다. 그럼 조리 있는 말이나 글로 남을 설득해야 한다. 그런데 대중은 생각보다 똑똑하다. 지도자만큼이나 똑똑하다. 스마트폰을 들고 다니는 대중은 이제 모든 이가 똑똑하다고 봐야한다. 허튼소리를 하면 금방 검색해서 사실관계를 바로 잡곤 한다. 예전에는 텔레비전에 나와서 전문가인 척하며 이건 이런 거라고 하면 대중은 믿어줬다. 하지만 이제는 그런 얄팍한 수가 통하지 않는다. 남을 설득하기가 너무나 어려워졌다. 더구나 이해관계가 첨예하게 대립한 상황을 설명하며 다수의 사람들을 설득하기는 불가능에 가깝다. 한 가지 다행스러운 것은 대중은 똑똑하면서도 맹목적이라는 점이다. 그들은 토론 프로그램을 보면서 자신의 생각을 바꾸지 않는다. 그들은 자신의 생각이 맞다는 확신을 얻기 위해 토론 프로그램을 볼 뿐이다. 자신이 지지하는 사람의 편에 서기를 좋아할 뿐이다. 그러니 정치가는 맹목적인 지지자를 잘 이용하기만 하면 된다. 그들은 사색 대신 검색하면서 자신의 생각을 프레임 안에 끼워 맞출 뿐이다. 모두가 비슷한 소리를 내는 공간에 들어가 자신도 하나의 에코가 될 뿐이지만 비판적으로 생각하기란 어려운 법이다. 정치가는 교묘한 틀을 만들어 이용하기만 하면 된다. 지지자들은 그 틀을 벗어나기가 쉽지 않다. 마태복음 15장에 "눈먼 이가 눈먼 이를 인도하면 둘 다 구렁텅이에 빠질 것이다."라고 예수 그리스도는 제자들에게 설명한다. 현대의 민주주의는 눈뜬장님과 같은 지도자를 맹목적으로 선택하지만 어쩔 수 없다. 보지 않으려는 사람보다 더 눈이 먼 사람은 없기 때문이다.

정치가 지망생은 생각한다. 설득하기 어렵다면 이용해야 한다고 말이다. 자신의 커다란 이상을 위해서 지지자들을 이용해야 한다고 믿는다. 시베리아 소년과 낙하하는 소녀를 구원하기 위해 잠시만 지지자들을 이용하면 된다. 큰 가치를 위해서 작은 것은 저버리자고 자기합리화를 다시 행한다. 그는 예전에 영어 단어를 공부하면서 정치가를 영어로 뭐라고 하나 찾아보았다. 폴리티션과 스테이츠먼이라는 두 단어가 나왔다.

폴리티션은 다음 선거를 생각하는 정치꾼이고 스테이츠먼은 다음 세대를 생각하는 정치가라는 부연 설명을 봤다. 그는 스테이츠먼이 되고자 했지만 폴리티션도 필요하다고 생각한다. 그리고 어쩌면 대중을 선동하는 데마고그 또한 정치가의 필요한 자질일지 모른다. 그에게는 스테이츠먼과 폴리티션과 데마고그가 모두 필요하다. 세 자질이 모두 있어야 끝내는 지도자의 위치까지 올라 소년과 소녀를 구할 수 있다고 믿는다.

공천관리위원회에서 실시하는 면접이 시작된다. 정치가 지망생은 호기롭게 이야기한다. 여기 앉아 있는 다른 세 명의 후보는 물론 훌륭한 사람이다, 하지만 그들은 지역에 도로를 건설하고 철도를 놓는 것에 목을 매는 사람이다, 자신은 조국의 통일에 초석을 놓고 교육 제도를 바꾸기 위해 정치가가 되려고 한다 등등. 면접관들은 허황한 소리에 코웃음을 친다. 다만 상대적으로 어린 나이에 도전해줘서 당의 입장에서 고맙다고 전한다. 면접관들은 한 명의 후보가 아니라 30대의 나이로 공천에 도전한 1인이라는 수치에 주목할 뿐이다. 정치가 지망생은 공천은 자신에게 기회를 주는 게 아니라 당과 국가에 기회를 주는 것이라고 자기도취된 과대망상적인 발언을 하지만 누구도 귀담아듣지 않는다. 어쩌면 면접관들은 지도자를 찾는 게 아니라 자기 계파에 소속될 하수인을 뽑는 것일지도 모른다. 아니, 당연히 그러할 것이다.

정치가 지망생은 쓸쓸히 의원회관을 나선다. 국회의사당을 슬픈 눈으로 쳐다본다. 자신은 선택받지 못했음을 누구보다도 먼저 안 것이다. 시베리아 소년을 생각한다. 소년을 해방시켜야 하는데 말이다. 낙하하는 소녀를 생각한다. 소녀를 잡아줘야 하는데 말이다. 그런데 우리 지역에는 철도가 생기고 도로가 닦이겠구나 싶다. 허황한 이상보다 어쩌면 더 필요한 일일지도 모른다. 누군가의 살림살이가 나아지는 게 소년과 소녀를 구원하는 것보다 더 우선적일지도 모른다. 정치가 지망생은 국회의사당의 해태상을 보며 자신은 그저 꿈꾸는 사람인 공상가일 뿐이라는 걸 그제야 알게 된다. 소년과 소녀가 눈앞에서 스러진다.

어린 시절의 발걸음이 떠오른다. 반장 선거에 당선되고 교탁으로 나아가는 힘찬 발걸음이다. 그러나 이제는 반대 방향으로 걷고 있는 자신을 발견하게 된다. 이곳에 더는 올 수 없다는 예감이 든다. 태양에 비친 자신의 그림자를 보니 어깨가 약간 굽은 듯 보인다. 그때는 힘차게 걸어갔는데 이제는 터덜터덜 힘겹다. 갑자기 자신이 늙었다고 생각한다. 주먹에 힘이 들어가지 않는다. 젊고 늙음이란 상대적인 거란 걸 새삼 깨닫는다.

당연하게도 공천은 지역구의 현직 국회의원이 받았다. 정치가 지망생은 짧게 낙담한다. 그는 표정 관리를 하고 지역 신문사의 기자에게 짧은 문자메시지를 보낸다. 한 명의 시민으로 다시 돌아가 자신의 역할을 다하면서 살겠다고 전한다. 기자도 위로의 답장을 보낸다. 다음에도 기회는 있다는 뻔하디뻔한 내용이다. 그러나 정치가 지망생은 알고 있다. 4

년 후면 자신이 젊다는 하나뿐인 장점도 사라진다는 것을 말이다. 바람을 올라타고 싶었으나 그 바람은 자신을 허락하지 않았다. 정치는 바람(風)이다. 민심과 여론이 바람이 되어 방향과 속도를 이리저리 바꾸는 것을 알고 스스로 올라타야 한다. 그리고 민심과 여론이 바라는 바, 즉 바람(望)을 누구보다 먼저 알아야 하는 게 정치가이다. 정치가 지망생은 그 바람이 잦아드는 것을 알게 된다. 소년과 소녀를 구원하고자 했지만 세상이 자신을 도와주지 않는다며 세상 탓을 한다. 자기변명을 하게 되는 것이다. 어쩌면 그런 의미에서 정치가 지망생은 진정한 정치가이기도 하다. 정치가는 가까운 미래에 대한 예언을 잘하는 사람이기도 하지만 그 예언이 틀렸을 때 그럴듯한 변명을 그럴싸하게 하는 사람이기도 하기 때문이다. 자기변명은 정치가의 다섯 번째 덕목이다.

정치가 지망생의 지역구에서는 당연히 현직 국회의원이 재선에 성공했다. 그런데 그 당은 역사적인 참패를 당했다. 100석도 간당간당하게 넘은 것이다. 자칫하면 상대당이 헌법도 마음대로 바꿀 수 있게 되었다. 정치가 지망생은 다시 생각한다. 자신의 꿈이 어쩌면 끝나지 않은 것일지도 모른다고 말이다. 당의 위기는 자신에게 기회일 수도 있다. 너무나 뻔하게 좋은 스펙을 가진 이들로 구성된 당이 위기일 때 그저 공상가일 뿐인 자신이 그 당을 구원할 수도 있다는 희한한 바람을 가지게 된다. 정치가 지망생은 모든 걸 다시 희망적으로 생각한다. 4년은 길다면 길지만 짧다면 짧은 시간이다.

　정치가 지망생은 40년 가까이 산 곳에서 다른 지역으로 떠나기로 결심한다. 미국 서부로 몰려가는 골드러시를 떠올린다. 자신은 이제 시베리아 소년과 낙하하는 소녀뿐만이 아니라 지역주의에 매몰된 청년까지 구원하고자 한다. 다음 국회의원 선거에서 그는 자신의 당명을 말하면 돌멩이가 날아올지도 모르는 지역구로 향한다. 아마도 정치가 지망생의 도전은 무모할 것이고 당연하게도 실패할 것이다. 그렇지만 정치가 지망생은 그것이 소년과 소녀와 청년을 구원할 길이라고 믿는다. 자신의 실패가 나중에는 큰 보상으로 돌아올 것이라고 멋대로 상상한다. 자기도취된 과대망상증 환자의 말기 증세를 보는 것 같다. 정치가 지망생은 자기를 아무도 알지 못하는 곳에서 새롭게 꿈을 꾼다. 그야말로 돈키호테이다. 하지만 소설 속 인물은 그저 기사도를 위해서 죽음을 무릅쓰는 늙은이일 뿐이다. 자신은 시베리아 소년과 낙하하는 소녀와 지역주의에 매몰된 청년을 구원하는 메시아라고 굳게 믿는다.

　새로운 곳에서 다시 꿈을 꾸는 정치가 지망생은 어릴 때 읽은 이야기를 떠올린다. 대부분의 유명한 이야기들처럼 완벽한 사실은 아니고 각색이 좀 되었을 것이다. 이탈리아의 독재자 베니토 무솔리니와 그의 정부 클라라 페타치는 성난 민중에게 잔인하게 처형당한 후 밀라노의 로레토 광장에 거꾸로 매달렸다. 거꾸로 매달린 클라라 페타치의 치마는 뒤집혔고 군중은 그녀의 속옷을 보며 더욱 흥분했다. 그때 한 사람이 손가락질을 받아가며 사다리를 타고 올라가서 치마를 올려주고 자신의 허리띠로 묶어서 뒤집히지 않도록 해줬다. 눈이 뒤집힌 군중 사이에서 그러한 행동을 한다는 것은 용기가 필요한 것이리라. 돌이켜보니 정치가 지망생은 그저 그런 작은 용기를 행하는 사람이 되고 싶었을 뿐이다. 그러나 그는 자기도취된 과대망상증 때문에 베니토 무솔리니 같은 독재자가 되고 싶었다가 종국에는 태양이 되고 싶었다. 힘과 능력을 가지고 싶었다. 그 힘과 능력으로 소년과 소녀를 구원하고 싶었던 것이다. 하지만 현실은 쓸쓸히 자신의 허리띠를 매만져볼 따름이다. 중년에 이른 정치가 지망생의 볼품없는 허리 라인은 더 이상 허리띠를 필요로 하지 않는다.

그리하여 결국 그는 정치가가 되는 것에 실패할 것이다. 그 후에 그는 소설가가 된다. 앞서 말한 것처럼 모든 소설가는 실패한 정치가 지망생이기 때문이다.

7차전

과
년
한

딸
은

과
연

하늘에 계신 성모 마리아님, 우리 지현이 빨리 제 짝을 만나 아들딸 잘 낳고 행복하게 살 수 있도록 도와주십시오. 아멘!

○

정치란 점잖은 양반이 가까이할 만한 것이 아니긴 하지만 선비의 고장인 경북 영주에 사는 어느 부부는 텔레비전 뉴스를 시청하면서 열렬한 정치평론가가 되곤 한다. 부부는 성격이라든지 취향이라든지 어느 것 하나 서로 맞지 않으나 일일연속극만은 같은 시간에 함께 앉아 시청한다. KBS2를 봤다가 MBC로 돌아갔다가 다시 KBS1의 연속극 세 편을 모두 시청하고 밤 9시에 연속극들이 종료하면 KBS1 채널의 〈뉴스 9〉를 함께 보며 세상과 사회가 어쩜 이렇게 엉망이 되었는지 한탄을 섞은 평론을 나누는 것이다. 그러다가 딸이, 물론 그 딸은 부부의 관찰자이자 이 작품의 화자인 나이긴 한데, 물이라도 마시러 방에서 나갔다가 부부와 마주치게 되면 과년한 딸이 왜 빨리 시집을 가지 않는지 지청구를 늘어놓게 된다. 딸이 아직껏 결혼하지 못한 이유가 바로 세상과 사회가 잘못 돌아가고 정치가들이 잘못된 세상과 사회를 만들었다면서 한 바가지의 욕을 함께 나누는 것이다.

"지현아, 올해 니 나이가 몇이더냐?"

"아빠는 딸내미 나이도 몰라요? 서른넷, 아니다, 고마운 나라인지 정권인지가 강제로 나이를 줄여줘서 서른둘이잖아요!"

"그래, 내가 알고 있어도 일부러 물어봤니라. 옛말에 나이 서른둘을 이모지년(二毛之年)이라고 한 기라. 센 머리털이 나기 시작하는 나이라는 뜻이지."

"아직까지 흰 머리털이 나지는 않았으니 결혼 이야기는 제발 하지 마세요. 여하튼 언니가 조카를 낳아서 이모지년이 아니라 이모가 되기는 했네요."

"아이고, 이 모진 년, 말이라도 못하면! 드라마를 보면 다들 결혼도 잘하더만 우리 집은 왜 이러냐?"

"아빠, 비현실적인 드라마만 보지 말고 〈미우새〉 같은 예능 프로그램도 좀 보세요. 그렇게 잘난 연예인들도 결혼 못하거나 이혼해서 부모 속을 썩이는데 나 같은 평범한 애한테 왜 자꾸 결혼 타령을 하세요?"

아빠와 내가 이러한 도돌이표 같은 언쟁을 하고 있으면 엄마는 몇 년 전부터 나가기 시작한 성당으로 인해 성모 마리아님께 나를 위한 기도를 하는 것인지 내게 욕을 하려다가 본인의 화를 다스리려고 하는 것인지 여하튼 혼자서 기도를 드린다.

"하늘에 계신 성모 마리아님, 우리 지현이 빨리 제 짝을 만나 아들딸 잘 낳고 행복하게 살 수 있도록 도와주십시오. 아멘!"

왜 하필 평생 동정녀로 사신 분께 그런 남사스러운 기도를 하는지는 모르겠으나 엄마 스스로가 마음이 평안해진다면 무신론자인 나도 "아멘!" 정도는 옆에서 따라 할 수 있을 듯하다. 그런데 자꾸 '과년한 딸'이란 말을 듣고 보면 이게 참 전라도 말로 기분이 거시기하다. 경북 영주에서는 '거시기'란 말을 잘 쓰지 않으니 다른 말로 표현해야 하는데 내가 워낙 과문한지라 좀 더 고급스럽고 선비의 고장에 어울리는 표현을 찾을 수 없으니 이해해주길 바란다.

무엇이 거시기하다는 말인가 하면 '과년'이 여자에게만 쓰는 말이기 때문이다. 내가 전투적으로 교육을 제대로 받은 페미니스트는 아니지만 그래도 21세기 대명천지에 이런 구시대적이고 적폐스러운 남녀차별적인 언사가 아직도 존재하고 그 말을 자연스럽게 부부가 딸에게 매번 언급하는 게 과연 옳은가 싶어 성모 마리아님께 기도로 물어보고 싶은 심정이다. 여하튼 부부에게서 '과년'이란 말을 하도 듣다 보니 지현이란 이름 대신 과년이란 자나 호가 생긴 듯하기도 하다. 그 훌륭하신 사임당 신씨처럼 말이다.

"아빠, 욕처럼 들리니 이제 '과년한 딸'이라고 좀 하지 마세요!"

"과년이란 게 원래 참 좋은 말인 기라. 춘추시대에 제나라 양공이 관리를 멀리 임지로 보내면서 다음 해 오이가 익을 무렵에는 돌아오게 하겠다고 약조한 데서 어느 벼슬의 임기가 끝나는 해를 오이 '과' 자로 써서 과년(瓜年)이라고 했니라. 그러다가 오이의 그 싱그러운 자태 때문인지 결혼하기에 적당한 여자의 나이를 과년이라고 한 기라."

"그런데 엄마 아빠가 쓰는 과년은 지날 '과' 자를 써서 과년(過年)이라 하니 내가 듣기가 싫잖아요. 이년, 저년처럼 들려서요."

"지현아, 지날 '과' 자에는 허물이나 잘못이란 뜻도 있는 기라. 나이 꽉 차고도 시집을 못 가면 허물이고 잘못이니라. 그러다가 더 나이를 먹으면 지날 '과' 자가 재앙 '화' 자로도 읽히는 기라. 서른둘, 서른넷 이러다가 금방 마흔, 쉰 되어버린다."

"아이고, 하늘에 계신 자애로운 성모 마리아님, 우리 지현이 한 해가 더 가기 전에 빨리 제 짝을 만나 아들딸 잘 낳고 행복하게 살 수 있도록 도와주십시오. 아멘!"

그런데 제 짝이나 운명이란 것은 교통사고처럼 갑자기 우리 곁에 오는 것인가 보다. 그것은 은유 따위가 아니라 정말로 교통사고가 일어났다. 매주 엄마가 성당 가는 길에는 왕복 7차선 도로를 건너야 하는데 횡단보도가 멀리 있다 보니 조금이라도 걷기 싫은 엄마가 무단횡단을 감행했고 중앙선 부근에서 차량과 접촉사고가 난 것이다. 천만다행으로 상대 차량이 급감속을 한 덕택에 엄마는 엉덩이를 가볍게 다치는 정도로, 큰 사고는 모면했다. 그래도 연세가 있는지라 병원에 입원해서 이것저것 찍어도 보고 물리 재활 치료도 해가면서 다시 왕성하게 종교활동을 하기 위해 몸을 회복해나가고 있었다.

"엄마, 귀찮더라도 조금 더 걸어서 안전한 횡단보도로 가야지, 왕복 7차선을 막 걸어가면 어떻게 해? 노인네가 겁이 없어서 큰일이야."

"아이고, 지현아, 그러게 말이다. 다른 사람들도 많이 그러길래 아무 생각 없이 따라 걷다가 천당으로 먼저 갈 뻔했데이."

"하여튼 성모 마리아님인지 부처님인지 천지신명님인지 엄마 생명을 보살펴줬으니 계속 기도나 많이 하시구려."

"하늘에 계신 성모 마리아님, 미천한 제 목숨을 굽어살펴주셔서 너무 감사합니데이. 우리 지현이도 빨리 제 짝을 만나 아들딸 잘 낳고 행복하게 살 수 있도록 도와주십시오. 저나 제 남편이 갑자기 죽을 수도 있으니 빨리 손주를 보고 싶습니다. 아멘!"

"엄마는 병원에 누워서도 딸 걱정이우? 하여튼 언니네는 주말에 내려온다고 하니 그리 아세요."

"아, 지현아, 그런데 나랑 부딪힌 양반 있지 않냐?"

"엄마가 차랑 부딪혔지 뭔 양반이랑 부딪혀?"

"그 양반이 너 없을 때 몇 번 찾아 왔는데 참 괜찮더라."

"그건 또 뭔 소리여?"

"내가 잘못해서 사고가 난 건데도 뭐 불편한 것 없는지 물어보는 자세가 깍듯한 게 너무 마음에 들더라니까. 그래서 조심스럽게 결혼했는지 물어봤지."

"뭘 또 조심스럽게 물어봐? 엄마라면 당당하게 물어봤겠지."

"여하튼 혼자라고 하더라고. 그렇기는 한데."

"혼자면 혼자지, 그렇기는 한데는 또 뭐여?"

"그게, 작년에 사별했다고 하더라고. 젊은 아낙이 자식도 없이 폐병으로 먼저 갔다고 하네. 참 안됐더라고."

"요즘은 젊은 사람도 암 같은 것 조심해야 한다네요."

"그려, 그런데 죽은 사람은 어쩔 수 없지만 산 사람은 살아야 될 것 아니여? 그 양반이 참 괜찮기도 해서 우리 집에 과년한 딸이 있다고 하긴 했는데."

"아, 엄마, 내 나이 서른넷, 아니, 서른둘 밖에 안 되었는데 후처로 가란 말이오?"

"요즘 그게 흠도 아니고 사별은 괜찮지 않나?"

"괜찮긴 뭐가 괜찮아? 이리 중고나 저리 중고나 어차피 다 중고지."

"그런데 사람이 정말 괜찮여. 훤칠하게 잘생겼어야. 예의도 어찌나 바르던지. 그런 사람이 사위면 참 좋겠더라고."

"나는 일절 관심 없으니 그리 아시오."

"하여튼 성모 마리아님, 우리 지현이가 착실한 사람을 똑바로 볼 수 있도록 맑은 눈을 내려주시옵소서. 아멘!"

엄마의 교통사고로 인해 크게 두 가지가 변했다. 하나는 왕복 7차선에 중앙분리대가 설치된 것이다. 플라스틱인지 폴리우레탄인지 여하튼 노인네 허리께 높이의 노란색 중앙분리대가 설치되어 더 이상 무단횡단을 하지 못하도록 막은 것이다. 무단횡단을 하지 말라는 현수막이 아무리 바람에 나부껴도 그걸 사뿐히 무시하고 사람들은 무단횡단을 했었는데 중앙분리대가 설치되자 드디어 조금 더 걸어서 안전한 횡단보도를 이용하기 시작한 것이다. 어쩌면 돌아가실뻔한 엄마의 희생 덕분에, 엉덩이 한쪽을 내주고서야 다른 사람의 큰 사고를 미리 막게 된 것이 아닐까도 싶다.

다른 하나는 엄마의 종용과 사정으로 운전자 양반과 맞선 비슷하게 만나본 것이다. 그런데 엄마의 말처럼 정말 사람이 괜찮은 것이 아닌가. 이미 한 번 결혼했던 것만 빼고는 모두 내 마음에 쏙 들었다. DNA는 무시할 수 없는 게 이러니저러니 해도 나는 역시 엄마의 딸인 것이다. 엄마가 보기에 좋은 것은 나도 보기에 아름다운 것이리라. 다행스럽게도 그 남자 또한 나의 첫인상을 괜찮게 보았는지 우리 둘은 자연스럽게 만남을 이어가게 되었다.

그런데 예상하지 못한 지점에서 깜빡이도 없이 태클이 들어왔다. 아빠가 그 사람을 결사반대하는 것이었다.

"니가 드디어 결혼 생각이 있다고 해서 내가 얼마나 기뻤는데, 아무리 생각해도 이건 아닌 것 같은 기라."

"뭐가요? 아빠."

"내가 얼마나 금이야 옥이야 기른 딸인데 후취 자리로 너를 시집 보낼 수 있겠느냐?"

"아빠가 기르긴 뭘 길러요? 엄마가 거의 다 길렀지. 엄마도 조용히 있지 말고 뭐라고 좀 해봐요. 엄마가 중간에서 소개해 놓고는."

그러나 엄마는 중요한 순간에 뒤로 쏙 빠지는 비겁한 성격의 소유자이다. 아빠의 언성이 높아지려고 할 때쯤 입을 닫고 조용히 부엌으로 사라지는 게 엄마의 주특기인 것이다. 물론 엄마의 딸인 나도 그러한 성격을 어느 정도 닮았긴 하지만 말이다. 그러니 서른넷, 아니 서른둘을 먹고도 결혼 근처에도 가보지 못한 것일 테다. 그래도 이번에는 물러날 수 없는 오기 같은 게 스멀스멀 피어올랐다. 매번 과년한 딸이니 하며 빨리 결혼 좀 하라는 아빠가 요즘 세상에는 흠도 아닌 걸로 반대를 하니 욱하는 성격이 튀어나와 버린 것이다. 엄마 아빠가 매일 보는 연속극의 그렇고 그런 내용처럼 부모가 반대하면 사랑은 더 애절하게 바뀌어버린다는 걸 왜 그리도 모르는 것일까?

"니는 이수복 시인의 「동백꽃」이란 시를 아느냐?"

"아빠는 드라마랑 뉴스만 보는 줄 알았더니 시도 읽어요?"

"공자 선생님이 시 삼백 편을 읽으면 마음에 사특함이 없다고 했느니라."

"그 말씀은 모르겠고 공자 선생님의 엄마 아빠 때문에 '야합(野合)'이란 말이 생겼다는 정도는 압니다요."

"아이고, 그게 중요한 게 아니고."

"아빠가 그렇게 존경하는 공자 선생님도 그렇게 탄생하시고, 성모 마리아님도 결혼을 정말 한 건지 안 한 건지는 모르겠지만 세상을 구원한 훌륭한 아드님을 두셨는데, 요즘 세상에 흠도 아닌 거로 왜 그렇게 반대를 해요?"

"말이나 못 하면 참! 여하튼 이수복 시인의 「동백꽃」에는 이런 시구가 있는 기라. '동백꽃은 훗시집간 순아 누님이 매양 보며 울던 꽃'이라고 말이다.”

"훗시집이란 말은 또 처음 들어 보네. 후취랑 비슷한 거예요?”

"그래, 니 큰고모도 순아 누님처럼 훗시집갔는데 마음고생이 얼마나 심했는지 몰라. 내 두 딸은 절대 그런 마음고생을 시키지 않겠다고 맹세를 했더랬다.”

"아빠, 걱정은 알겠는데 진짜 사람이 괜찮다니까요. 일단 한번 보고 나서 반대를 해도 반대를 하세요.”

그때쯤 엄마도 부엌에서 사람은 정말 괜찮다면서 한 말씀을 보탠다. 그래도 연속극에서는 양가 부모가 한목소리로 반대하던데 우리 집은 아빠만 반대하는 거라 드라마 같은 극적인 상황은 잘 일어나지 않는다. 하지만 형식적인 냉전 태세로 들어가긴 했다. 한집에 살아도 아빠와 내가 서로 없는 사람 취급하며 말을 섞지 않은 것이다. 그러면 엄마가 중립국 위치에서 안절부절못하게 된다. 그리고 중재안을 슬쩍 내놓는다. 자식 이기는 부모가 어디 있냐고 아빠를 압박하고 나에게는 막내딸을 아끼고 사랑하는 거라서 짐짓 반대하는 거라며 지금은 곤란하니 조금만 기다려 달라고 아빠의 사정을 전한다. 결국 엄마의 중재는 빛을 보았고 엄마 아빠와 그이가 정식으로 식사 자리를 함께하게 되었다.

"안녕하십니까. 최현수라고 합니다. 어머님은 병원에서 몇 번 뵈었는데 아버님은 처음 뵙겠습니다."

"허허, 생판 처음 보는 사람인데 무슨 아버님이오?"

"아이고, 이 양반이 짐짓 그러는 거니 괘념치 마시구려. 내 잘못이었는데도 병원에 어찌나 자주 문병 와줘서 너무 고마웠어요. 현수 씨가 운전을 잘해서 그렇지, 아니었으면 내가 성모 마리아님 뵈러 하늘나라에 갈 뻔했지 뭐예요."

"그런데 어디 최씨요?"

"예, 아버님, 경주 최가입니다."

"허허, 요즘 사람답지 않게 대답은 제대로 할 줄 아는구먼. 어디서 본관을 말하면서 '김씨요, 이씨요.' 이러는데 참 못 배워먹은 거요. 현수 군처럼 어른이 여쭈면 '김갑니다, 이갑니다.' 이렇게 대답해야 하는데 말이요."

아빠가 이름 뒤에 '군' 자를 붙여 호칭하면 호감이 있다는 표시이다. 나는 들리지 않게 안도의 한숨을 내뱉는다.

"술은 좀 할 줄 아시는가?"

"예, 조금 즐길 정도로만 하고 있습니다."

"특별히 좋아하는 주종은 있고?"

"가리지 않고 자리나 분위기에 따라 다 마시긴 합니다만 소주가 조금 더 저에게 맞는 것 같았습니다. 오늘처럼 회와 초밥을 먹는 자리는 일본 술인 사케도 어울리긴 합니다만 저는 소주가 더 좋은 것 같더라고요."

"그건 마음에 드네. 나도 소주파요. 지현이도 나 닮아서 소주를 조금 하는 것 같고 말이오. 그런데 소주는 특별히 마시는 브랜드가 있는가?"

"예, 저는 진로를 즐겨 마시는 편입니다."

"에이, 그러면 쓰나. 대구 경북 소주인 참소주를 마셔야지."

"아빠, 현수 씨한테 다음 선거 때 몇 번을 찍을지도 코치해주시지 그래요?"

"지현 씨, 저도 오늘부터 참소주로 바꾸려고 합니다. 다 같은 소주인데 이왕이면 지역 소주를 마시는 게 좋을 것 같네요."

"어어 하다가 아빠 페이스에 말릴까 싶어 그렇죠."

"니는 내 딸이지만 말을 해도 참 정이 뚝뚝 떨어지게 하는 기라."

"아버님, 그리고 어머님, 식사 나오기 전에 제가 드릴 말씀이 있습니다. 저의 사정이나 상황을 두 분 다 아시는 거로 들었습니다. 첫 아내를 병으로 잃고 외롭게 살다가 어머님 소개로 지현 씨를 알게 되어 저에게 이게 무슨 복인가 싶었습니다. 이런 말씀은 두 분께 실례가 되겠지만 죽은 첫 아내가 저를 불쌍히 여겨 지현 씨를 보내준 게 아닌가 하는 생각도 들었습니다. 제가 두 분 보시기에, 그리고 지현 씨에게도 부족한 점이 많은 사람입니다만 그 부족함을 노력으로 메꿔보고자 합니다. 두 분께서 허락해주신다면 지현 씨와 행복하게 살아보고 싶습니다. 부족한 저를 아들로 받아들여 주시면 안 되겠습니까?"

"들어서 알겠지만 나는 원래 둘 사이를 반대했다네. 다른 사람들은 어떻게 생각하는지 몰라도 지현이가 내게는 더없이 귀한 막내딸인 기라. 그런데 우리 집안에 장계향 선생이라고 있었소. 읽어봤는지 모르겠지만 이문열의 『선택』이란 소설에 나오는 분이지. 여하튼 장계향 선생도 재령 이씨 집안인 석계 선생의 후취로 들어가 아들을 판서로 기른 훌륭한 분이오. 그래서 내가 다시 생각해보니 조선 시대에도 그러했는데 요즘 세상에 첫 결혼에 실패하는 건 아무 문제도 아니겠더라고. 아, 미안하오. 실패라고 말해서는 아니 되는 것인데. 그런데 현수 군도 나중에 딸을 가져보면 알게 되겠지만 딸에게는 뭐든 새롭고 좋은 것만 주고 싶은 법이라오. 그러니 내가 둘 사이를 반대했던 것도 좀 너그럽게 생각해주시오."

"아닙니다, 아버님. 제 부족함을 받아주셔서 너무나 감사드립니다. 아버님 어머님께 제가 참소주 한잔 올리겠습니다."

"그려, 참소주 마시고 참 잘 살아야 된데이. 하늘에 계신 성모 마리아님, 드디어 우리 지현이 짝을 맺게 해주셔서 정말 감사드리옵니다. 아멘!"

20년이 흘렀다. 야구로 치면 나는 5회초쯤이고 부모님은 7회말쯤 되었을까. 인생이나 운명은 교통사고처럼 불시에 부닥치기도 하지만 아무 일 없이 평안하게 물처럼 흘러가기도 한다. 지나고 보면 이런 잔잔한 물 같은 시간이 진정한 행복이었다는 걸 알게 된다. 그런데 엄마 아빠가 즐겨 보는 연속극의 이야기처럼 결혼한 신랑 신부가 영원히 행복하게 살았다는 해피엔딩이 우리 삶에 과연 있기나 할까 싶다. 그건 동화 속에서나 가능한 일이겠지. 흔한 표현처럼 인생에는 엔드(end)가 없고 앤드(and)만 있으니까 말이다.

그이와 결혼하고 몇 번의 위기가 있었다. 가장 큰 위기는 역시나 돈 문제였다. 그이가 오십 대로 접어들기 직전에 야심차게 준비한 사업이 실패한 후 우리는 이혼의 위기를 맞았다. 빌어먹을 돈이란 놈은 늑대처럼 사람의 성격도 갉아먹는 것인지 그렇게 사람이 좋던 그이도 많이 달라져 버렸다. 건강을 염려하며 조금씩만 마시던 소주도 말술로 변해 인사불성이 되어 귀가하곤 했다. 그럴 때마다 우리 부부는 언성을 높여 싸우게 되었다. 우리 딸 유라는 자는 척하며 다 듣고 있었으리라. 어린 유라에게는 그때가 아마도 지옥 한복판이었을 것이다. 어린아이에게 지옥이란 감정을 분별없이 그대로 드러내는 부모의 모진 싸움이니까 말이다. 다행이라면 다행이랄까. 그래도 유라를 위해서 몸싸움으로까지 확전하지는 않았으니 그나마 천만다행이라 하겠다.

이제는 과년한 딸이 아니라 중년이 되어버린 딸이 엄마 아빠에게 이혼하겠다는 뜻을 내비치는 것은 불효 중의 불효일 것이다. 엄마 아빠는 말없이 조용히 듣고만 계셨다. 내가 그래서 진작에 반대하는 결혼이었는데 하고 한탄하거나 내 등짝을 때리면서 유라를 생각해서 참고 살아야지

하고 목소리를 높였다면 아마도 내 마음은 더 평안했을 것이다. 너무나 조용히 내 이야기를 듣고 있는 엄마 아빠를 보면서 두 분이 이렇게 늙으셨구나 하고 새삼 깨닫게 된다. 흰 머리카락이 모든 것을 잠식해버린 것 같다.

"유라는 어떻게 생각하더냐? 그 어린 것이 너를 닮아서 말은 잘 안 해도 속은 깊은 것인디 말이다."

"엄마, 유라에게는 아직 말을 못 했어요. 그래도 뭔가 큰 변화가 일어날 것이란 건 느끼고 있을 거예요."

"유라 애미야, 아니 내 딸 지현아."

"예, 아빠."

"니도 어른인데 우리가 무슨 도움이 되는 말을 더하겠느냐. 그래도 유라를 한 번 더 생각해봐야 한데이. 요즘 세상에 이혼이 흠도 아니고 이혼한 부모 밑에서 자란 아이가 괄시받는다는 말도 못 들어봤다만 그래도 말은 한 번 더 나오는 기라. 유라가 나중에 결혼할 때 헤어진 부모 밑에서 자랐다고 하면 시댁에서는 안 좋게 볼 것 아니냐."

"아빠, 무슨 말씀인지는 알지만 유라 이전에 제 인생도 있어요."

"그래, 내 딸의 딸이 아무리 귀여워도 내 딸이 참 소중한 기라. 니 인생이 제일 중요한 것이니 우리 생각하지 말고 너를 가장 우선적으로 생각해서 결정하거레이."

"지현아, 엄마도 아빠랑 같은 생각이다. 유라랑 니가 가장 좋은 쪽으로 일이 되었으면 좋겠데이. 친아들같이 생각한 최 서방도 잘되었으면 좋겠고 말이데이."

"어쩌면 만나는 것보다 헤어질 때 더 잘해야 하는 기라. 예의 있게 마무리를 지어야 된데이. 부모가 밑천 다 드러나게 싸우면서 헤어지면 유라한테 평생 상처가 되는 기라. 점잖게 서로 위해주면서 헤어져야 유라한테도 좋은 기다. 명심하거레이."

"예, 아빠."

"하늘에 계신 성모 마리아님, 우리 지현이랑 유라랑 최 서방이 모두 힘들지 않게, 시험에 들지 않게 도와주십시오. 아멘!"

시간은 또다시 물처럼 천천히 혹은 급하게 흐른다. 오랜만에 엄마 아빠 집으로 가는 길에 성당 근처의 빛바랜 노란색의 중앙분리대가 눈에 띈다. 이제는 그것이 폴리우레탄 재질이란 걸 알고 있다. 신소재로 교체할 법도 한데 그렇지 않은 걸 보면 경북 영주는 온고지신(溫故知新)이라기보다 그냥 온고의, 아니 옹고집의 고장인가 보다.

엄마 아빠는 낮 시간의 뉴스를 보면서 서로 정치적인 의견이 다른지 티격태격이다. 뉴스의 대강적인 내용은 안동시와 영주시와 예천군을 합쳐 하나의 지자체로 만든다는 것이다. 아빠는 자신의 고향인 영주가 이름조차 사라질 수 있다는 데서 반대하는 입장이고 엄마는 어차피 인구가 너무 없으니 인근의 시군이 합치는 게 효율적이라는 입장이다. 나는 어떻게 되든 상관없다는 편이다.

"우리가 아무리 안동 장가 집안이지만 안동은 이제 가짜 양반들이 판을 친데이. 진짜 양반과 선비의 고장은 영주인 기라. 어디 유서 깊은 영주가 안동이나 예천이랑 한 군데로 묶을 수 있는 기가?"

"아이고, 내가 살다 살다 안동이 가짜 양반이란 말은 당신한테 처음 들으요. 서울이나 다른 곳에서는 영주가 어디 붙어 있는지도 몰러요. 안동은 다 알아도 말이요. 경북도청도 안동이랑 예천에 있는데 영주도 거기 붙어서 같이 도청소재지 하면 얼마나 좋아요?"

"이 사람이 천지 분간을 못 하고! 1대 1대 1로 합치는 게 아니라 우리랑 예천이 안동한테 흡수되는 기라. 우리가 죽으면 영주 땅에 터 잡으신 조상님들한테 무슨 면목이 있을 기고?"

"아이고, 걱정을 하덜덜 마시오. 내가 성모 마리아님께 기도해서 우리 가족은 따로 천국에 분양받아 놓으요. 조상님들께는 미안하지만 우리는 성모 마리아님 품 안에서 살게 되어 있으요."

"아이고, 우리 조상님들은 내 살아 있을 때도 제사상을 못 받으셨는데 내 죽어서도 이 사람 때문에 얼굴조차 못 뵙게 되었네. 딸 둘밖에 없어서

대를 끊어놓은 죄인한테 무슨 변명이 더 있겠는가."

"이 양반이 낮술을 드셨나? 뉴스 잘 보다가 그 이야기는 왜 해요. 아들 없는 게 내 잘못이오?"

"허허, 내가 말이 헛 나왔네. 미안하오. 하여튼 내 두 눈에 흙이 들어가기 전에는 영주를 내가 지킬 기라. 둘 다 그리 알그레이."

"아빠, 연세가 이렇게 많은데 도청 앞에서 시위라도 하시려고 그래요?"

"내가 아무리 늙었어도 그깟 시위 하나 못 하겠느냐. 상투가 없어서 그렇지, 도끼 한 자루 척 갖다두고 도지사 나오니라 하면 저거들이 우짤끼고? 도지사란 작자가 소싯적에 소설가 출신이라고 하더만 완전 자기도 취된 과대망상증 환자인 기라. 이런 작자를 뽑을 때부터 우리 영주시가 걱정이었데이."

"너거 영주보다 우리 유라나 걱정허요. 그나저나 유라는 고3인데 대입 준비는 잘되고 있니? 할매가 되어갖고 문제집 하나 못 사줬는데 말이다."

"엄마, 공부는 지가 해야지 뭘 할배 할매들이 신경 쓰고 그래? 나 닮아서 똑 부러지게 잘 알아서 하고 있으니 걱정하지 말아요."

"아이고, 참 고맙게도 우리 유라가 아빠 없이 착하게 잘 컸데이. 성모 마리아님, 정말 감사합니다. 아멘!"

"아빠가 없긴 뭐가 없어요? 지가 보고 싶으면 연락해서 만나는구면. 이제 그 사람도 형편이 좋아져서 유라한테 돈도 잘 쓰고 하니까 제발 걱정하지 마이소."

"그려, 우리랑 인연이 끊기긴 했지만 최 서방이 우리한테 잘했으야. 장인 장모한테 친부모처럼 하기가 쉽지 않은데 최 서방이 사람이 참 좋았데이."

"엄마도 참, 지나간 일을 자꾸 말해서 뭣해요. 그나저나 오늘 왜 불렀어요? 유라가 꼬막무침이 먹고 싶다고 해서 마트 가봐야 하니까 용건만 빨랑 말씀하이소."

"그래, 지현아, 아빠가 니한테 할 말이 있어서 불렀데이. 멀리 사는 니 언니한테는 좀 전에 전화로 말했고."

"아빠, 겁나게 왜 그래요? 무슨 큰일 아니지?"

"그래, 무슨 큰일이 있을라고? 그냥 요 배 안에 조그만 덩어리가 하나 있다 하네. 얼마 동안 조금 속을 썩이지 싶데이."

"몇 기라는데요?"

"뭐 그리 급하게 물어보노? 아직 조그마하다 카더라. 내가 유라 대학교 들어가는 거랑 영주시가 흡수 안 되는 기로 결판을 보는 기랑 둘 다 보고 죽어도 죽어야 안 되겠나. 그러니 너무 걱정하지 말그레이. 아빠 쉽게 안 죽는데이. 병원 다니려고 하면 너거 엄마가 조금 고생하지 싶은 기라."

"고생은 뭔 고생이여? 아픈 사람이 제일 고생이지. 나는 같이 버스 타고 갔다가 접수만 해주고 의자에 앉아 있으면 되는 건데, 뭐."

"언니랑 나도 옆에서 같이 해야죠."

"함부로 치아레이. 유라가 고3이라 제일 중요한 시기인데 서울 큰 병원까지 같이 다닐라고? 그리고 유라한테는 절대 말하지 말그레이. 유라가 마음이 여려서 할배가 조금 아프다고 하면 공부하는데 집중을 못 한데이."

"그래도 알기는 알아야죠."

"뭔 소리를 하고 있노! 내가 이래서 서울 사는 큰애한테만 말하고 유라 애미한테는 말하지 말자고 하니까 이 사람이 그래도 지현이도 알아야지 하면서 오기를 부린 기라."

"당연히 딸이 알아야죠. 아빠는 말씀을 해도 왜 그렇게 섭섭하게 해요?"

"허허, 니도 딸이 있어서 잘 알겠지만 딸한테는 새롭고 좋은 것만 주고 싶고 나쁜 말은 들려주고 싶지도 않은 기라."

"아빠, 나는 이제 과년한 딸도 아니고 중년이 다 되었어요. 염색해서 그렇지, 머리카락도 희끗희끗해요."

"우리 막내딸이 벌써 그렇게 나이 들었는가. 아빠 하면서 내한테 달려오는 게 엊그제 같구먼 말이여. 참 시간이 빠른 기라."

"하늘에 계신 성모 마리아님, 이 양반이 마리아님 품 안에 조금만 늦게 안길 수 있도록 시간을 조금만 천천히 흐르게 해주시옵소서. 아멘!"

아빠가 도끼를 가지고 상소를 올리겠다는 굳은 의지를 내비쳤지만 이제 지자체 간 통합은 시대의 큰 흐름이 되었다. 경기도의 몇 개 시군이 서울로 통합되는 걸 기점으로 우리 지역도 형식적인 주민투표를 통해 안동과 영주와 예천이 합쳐질 것으로 보인다. 아빠처럼 고집이 센 분들이 영주란 이름조차 빼앗길 수는 없다고 주장하는 사소한 문제들이 남아 있기는 하지만 말이다. 그렇다고 안동이 그 브랜드 높은 지명을 포기할 것 같지는 않다. 평화주의자인 나에게 결정권을 준다면 그냥 인구가 가장 적은 예천이란 이름을 쓰는 게 아름다운 일이 아니겠나 싶긴 하지만 절대 그렇게 되지는 않을 듯하다. 편안한 동쪽과 영화로운 고장이란 두 지명은 자존심이 높아 먼저 이름을 포기하지는 않을 것이다. 그나저나 예천은 무슨 뜻이지? 아빠에게 물어봐야겠다.

영주의 독립은 지키지 못했으나 다행스럽게도 아빠의 건강은 회복되었다. 역시 현대의학은 너무나도 고마운 것이다. 아직 예후를 지켜봐야 하지만 성모 마리아님의 은총으로 아빠의 병이 더치게 될 것 같지는 않다. 오늘 저녁은 유라까지 함께해서 엄마 아빠랑 식사하기로 했다. 아마도 아빠는 맛있는 고기 안주가 있는데 그 좋아하는 참소주를 못 마시게 되어 불퉁거릴 것이다. 엄마는 가족이 함께 식사할 수 있는데 소주 따위가 무슨 소용이냐며 타박할 것이고 말이다. 나와 유라는 그 모습을 지켜보며 웃음을 교환하겠지.

이제는 과년한 딸이라며 볼 때마다 결혼하라고 잔소리를 듣던 그 시절이 아주 오래전의 일처럼 느껴진다. 그때는 왜 그리 결혼하기 싫어했던가 싶어서 혼자 살짝 미소도 지어본다. 그 시절은 정말 아름다웠구나. 엄마 아빠도 훨씬 젊었고 나 또한 과년하였으나 그때는 아직 싱그러운 오이 같았으니까.

"아빠, 안동은 편안한 동쪽이고 영주는 영화로운 고장이라면 예천은 무슨 뜻이에요?"

"가만 보자. 단술 '례' 자에 샘 '천' 자를 쓰니 감주처럼 맛 좋은 샘이란 뜻인가?"

"아이고, 당신도 모르는 게 있구먼요. 『시자(尸子)』에 단비가 때맞추어 내려 만물이 잘 자라고, 높은 곳에서도 물이 부족하지 않고 낮은 곳에서도 너무 많지 않은 것을 일컬어 예천(醴泉)이라고 한다네요."

"성당에서는 그런 것도 가르쳐주는가?"

"내가 안동 장가 집안에 시집온 게 얼마나 오래됐는데, 장계향 선생님의 『음식디미방』을 모르고 살았겠소? 거기에 감주 만드는 법도 있고 이것저것 얻어 배웠지요."

"요즘도 두 분은 연속극 보시고 계세요?"

"그려, 우리한테 드라마만 한 게 없나라. 이제 책이나 신문을 읽으려고 해도 눈에 잘 안 들어와야. 나이 들면 소리는 들리지만 말이 안 들린다고 하는데 희한하게도 드라마 대사는 또 잘 들린데이. 연속극이 다 비슷비슷한 내용이라도 지켜보고 있으면 시간도 잘 가고 좋니라. 9시 뉴스 시작하기 전에 시간 때우기에 그만이여."

"뉴스도 해마다 다 비슷비슷한 내용일 텐데 뭘 기다리면서 보시고 그래요? 세상사가 다 시끄러울 따름이지 말이에요."

"이놈의 세상과 사회가 이 모양 이 꼴이고 정치가들이 다 망쳐놓았지만 그래도 돌아가는 걸 보고 있으면 재밌니라. 세상 태어난 값을 다 하고 죽기 전에 드라마랑 뉴스로 세상 구경하다가 가는 기라."

"그려, 니 아빠 말처럼 이제 우리는 딸 둘 다 키워놓고 이 세상에 태어난 값을 다 한 것 같데이. 니도 유라 대학 마치고 시집가고 나면 이 세상에 태어난 값을 다 한 거데이."

"뭔 말씀을 그렇게 해요? 백세시대인데 유라 인생은 유라 인생이고 내 인생은 내 인생이지."

"니 말도 맞다. 유라 인생은 유라 인생이고 니 인생은 니 인생이고 내 인생은 내 인생이지. 니 아빠 인생은 니 아빠 인생이고."

"아이고, 이 집안은 참 정이 간데이. 다 지 인생만 찾고 가족도 남인 기라."

"아빠도 참. 반어법 좀 이제 그만 써요. 유라가 다 듣고 배워요."

"니 말이 정말로 맞데이. 유라는 좋은 것만 듣고 봐야지. 지 엄마 닮아서 과년한 딸이 되면 안 되느니라."

"아이고, 아빠!"

"하늘에 계신 성모 마리아님, 우리 유라가 빨리 제 짝을 만나 아들딸
잘 낳고 행복하게 살 수 있도록 도와주십시오. 아멘!"